亲爱的蒲公英小姐

叶天爱
YE TIAN AI

著

北京联合出版公司
Beijing United Publishing Co.,Ltd.

目　录

第一章

由北向南

又是冬。

窗外的雪花安静地飘着，很久都停不下来，天地间像是回到了初开时的寂静，静得甚至能听见大雪落在地上的声音。

道路上空无一人。

透过破了玻璃的小窗户，沈非儿踮着脚，怔怔地看着这场雪，这个南方小城难得一见的雪。

她记得念念曾说，南方的雪一落到地上就化开了，她不会在那里看到茫茫一大片的雪景。非儿觉得念念说错了，因为现在呈现在她眼前的，正是一大片白得没有边界的雪，从房子的这一头漫延到那一头。她很想告诉她最好的朋友，看哪，南方也是有大雪的。

但是，她再也见不到念念了。

沈露带她来这里的时候就说了，离开之后，她必须把那边的人都忘记，永远也不要再想起，因为那边再没有亲人，也没有朋友了。

非儿当时乖巧地点了点头。

可她忘不了念念，就像那个成语——"念念不忘"。

窗子"啪"地被吹开了，寒风夹带着躁动不安的雪粒直扑到非儿脸上。她不知道刚才还很轻柔的雪花为什么突然变得汹涌起来。非儿裹紧被子，只露一个头在外面，尽管这样，风还是直追着她的脖子使劲咬。很冷。她第一次觉得自己应该留一头长发，这样一来可以挡风。

她关了几次窗，可每一次都被风吹开，最终她放弃了关窗户的念头。

窗子的玻璃上有一条裂缝，细细歪歪地寄居在玻璃上，看得时间长了，非儿忽然感到深深的恐惧，就好像这块玻璃随时要在她身体里裂开似的。

她裹紧被子，眼睁睁看着雪花飘到这个阴暗的小房间里。地面很快湿了一大片，雪水缓缓地流向她的小床，刚流到床底下，一股冷气就升了上来。她抓住被子往身上压，而已经盖得很严实的被子根本无法给她提供更多温暖。

非儿的眼睛又涨又疼，早就被风吹得掉下泪来了，但她仍旧面无表情地看着窗口。其实，眼前的一切景物都进不了她的眼，她现在一心想着数天前的那个傍晚。

那时候，她还在那座北方的城市里参加父亲的葬礼。看着周围熟悉又陌生的人，她突然感到异常寒冷。这冷是从心底升起来的，占据着她小小的胸腔，阻碍着她呼吸。她渴望有人来抱住她，但是没有，人群中满是嗡嗡之声。

晚上，姐姐从南方赶来接她。那个穿酒红色毛衣、浑身散发着香水味的女孩——或者说女人，把包往肩上一挎，抓起非儿的手就走，没有向非儿身边的人打招呼，甚至根本没有说一句话。非儿乖顺地跟着这个素未谋面的人走，只因她的手很温暖。唯一的遗憾是，她再也见不到最好的朋友念念了。

她不住地回头张望，氤氲的雾气中，念念瘦小的身子站成一座雕像，独立于其他人之外。那时候自己哭了没有？非儿不记得了，但那个小小的身影成了她挥之不去的记忆。无论事隔多少年，非儿都记得有这么一个人，在她孤立无援的时候牵起她的手，安慰她说不要害怕。

于是，在今后的漫长岁月里，她还可以念念不忘。

再见，雪花纷飞的季节。

非儿和姐姐沈露坐上开往南方的火车，在隆隆声中，她感觉一切就像一场梦，由北到南，编织着奇幻的梦境。接下来的生活是什么样的，她不知道，唯有紧扣沈露的手，一丝温暖也不放过。

其实沈露与非儿并不是未曾谋面，只是那时候非儿还太小，不记事。沈露自小果敢大胆，高中毕业之后就想去大城市闯荡一番，但是一直得不到家里的允许。直到那一年，固执己见、决意不肯让沈露出远门的母亲改嫁了。她们姐妹从此没了母亲，只有一个酒鬼加赌鬼的父亲。

沈露走了，走得十分坚决，一年、两年……没有回来。非儿只知道自己有个或许永远都见不到面的姐姐。而现在，沈露回来了，这个有着温暖手掌的姐姐就在她身边。

不，她不是回来，她是要带着非儿离开。

非儿抬起头看着这个比她高出很多的美丽女人，见她低头，又急忙移开视线。

沈露俯下身来看着非儿，眼神温和，她十分清楚这些年来非儿过的是什么样的日子。

"非儿，沈非儿，你是叫这个名字，对吧？"

非儿点点头，又觉得缺了点儿什么，于是补充一句："是的。"她有点儿紧张，似乎从来没有这样和一个陌生人讲过话。她很快告诫自己："她不是陌生人，她是我的姐姐。"

沈露摸着她的头说："我是你的姐姐，同一个爸爸和同一个妈妈的亲姐姐。不过，从现在开始，我们没有爸爸，也没有妈妈。从今天起，你就和我生活在一起——就我们两个。刚开始你可能不习惯，过段时间就好了。"

非儿愣愣地看着沈露，觉得这个打扮成红色的姐姐离她好遥远，火红的装束散发着难以接近的味道。但她只能跟随这个姐姐，并且，非儿相信，姐姐会对她好的，她们会一点点地习惯对方。

"你有什么疑问吗？"沈露耐心地问，俯身的动作能让非儿看到她白皙的皮肤和精致的锁骨。

很久，非儿没有开口。她不是不想说话，只是一时不太适应和这个并不十分熟悉的姐姐对话。

沈露平静地抬起头看窗外漆黑的夜色，像个虔诚的信徒。在黑夜面前，什么都可以不复存在，那是可以包容一切的黑。她看了看身边衣着邋遢的小女孩，心想，把她带回自己的生活，是因为寂寞吗？非儿算是她在世上唯一的亲人了。而现在，她开始害怕，担心自己给不了她幸福的童年、无忧的生活，反而让她走入一个更加荒唐的世界。

几滴温暖的液体落到非儿的手背上，慢慢冷却，丝丝寒意渗透了非儿的皮肤，钻入她的血液。她不住地往手背上哈气。

"姐姐为什么哭？她也讨厌我吗？"非儿咬了咬唇，偷偷看了沈露一眼，却不敢多想。她靠着自己的小包，慢慢睡着了。

沈露在她耳边轻轻地唱歌：

> 要开始流浪了，我的姑娘。
> 童话中的王子还在沉睡，公主的睡梦中没有小矮人。
> 我们坐着海盗的木筏，风浪里有大海的歌声。
> 努力睡一觉吧，亲爱的女孩，
> 睡梦里有漂亮的蛋糕裙和笑脸的布娃娃，
> 梦醒后是蒲公英和萤火虫的晚会。
> 我们一起跳舞吧，围着篝火和月亮，
> 你想要水晶鞋还是红舞鞋？
> ……

火车一路往南开，过山，过水，过村庄，过坟墓……非儿在沈露低低的歌声里睡得很香。她没有梦见蛋糕裙或者红舞鞋，梦里的唯一景象是飘满整个天空的蒲公英，到处白茫茫的，像是置身于大团大团的雾气中。

很多年后，非儿突然想起这个冬日的夜晚，然后问沈露："人生是不是就像一场梦？"

沈露回答说："是的。所以，我们总是分不清哪些是真的、哪些是假的。有时候，你甚至不确定一件事情是否真的发生过。"

"那梦醒了呢？"

沈露悲伤地看着她："这场梦不会醒。"像是无尽的时光穿过了那些灯红酒绿的颜色，却还是抵达不了最初的单纯与明澈。

但非儿在心中说："是梦，就一定会醒来的。"

火车颠簸了整整一夜，不过非儿睡得很安心，第二天醒来的时候，火车已经快要到达目的地了。

非儿睡眼惺忪，觉得空气里少了些凛冽的味道，气温似乎高了不少，身上的棉袄显得有些厚重了。

沈露一夜未眠，笑着问她："睡醒了？"

非儿点点头，突然觉得胃里有些不舒服。她吃不下东西，只是一言不发地低着头，坚持了半个多小时，火车终于到站了。这时候，她还没有完全摆脱坐火车时的胸闷、恶心，一张小脸绷紧了，神色很难看。

沈露拍着她的背安慰说："乖，很快就会好的。我们就要到家了。"

非儿紧紧地抓着沈露的手，反复琢磨"家"这个字。

这一年，沈露二十二岁，非儿九岁。她们知道，从现在起，生活将被彼此改变。两颗惴惴不安的心渐渐靠拢，小心试探，希冀着共同的未来。

这座城市对非儿来说很陌生，但是，有姐姐在，她会慢慢熟悉的。

两姐妹住的房子很小，房梁上吊着的小灯泡发出微弱的黄光，房子里透着一股湿气，似乎人住久了就会发霉。非儿上楼的时候隐约可以闻到一股腐烂的味道，仔细闻，又什么都闻不到了。木头架子似的楼梯每走一步都摇晃得厉害，发出"吱吱"的叫声。非儿的心跳得很快，她担心自己会一脚踏碎楼梯，然后摔下去。

这是沈露租下的小房子，一共就两间，一间用作卧室，一间用帘布隔开，于是有了客厅和厨房，比起原来住的房子小了很多，但非儿很知足。

对于新的生活，非儿充满向往。她再也不会动不动就挨打、动不动就忍饥挨饿了。在她心里，这样的生活就已经无比美好。至于别的，她不敢多想，也想不出来。

第一天，沈露陪着非儿睡在她的小木床上。脱下破旧的红布袄，看了看床边椅子上整整齐齐地摆放着的新外套，非儿开始期待第二天的到来，那时她就能穿上从前过年时都没有的漂亮衣服了。

躺在床上，非儿久久难以入睡，她几乎能听见自己紧张不安的心跳声，怎么也平静不下来。

她知道，姐姐也没有睡着。

"姐姐，你会不会也不要我？"第一次主动开口和沈露说话，非儿的声音有些颤抖。

沈露用略带疲倦的声音回答："怎么会呢，我会一直和你在一起，一直照顾你。"

隔了一会儿，非儿又问："要是我让你生气了呢？"

沈露没有回答。非儿的两只手捏出汗来了。

"虽然我脾气不好，不过，我不会丢下你不管的。"沉默了许久，沈露说出这句话。但非儿已经睡着了，带着一丝忧虑——更多的是憧憬——进入了她来到这座城市之后的第一场梦。

沈露很累很累，却依旧睡不着。

自见面以来，沈露一直在非儿面前表现得很温柔、很体贴，可是，她知道自己脾气暴躁，很多时候根本控制不住自己。生活能蚕食一个人的耐性，渐渐把人变得焦虑、不安，变得不像自己。

这些年，沈露一个人在外摸爬滚打，已经忘记自己是从哪一天开始堕落的了。一个在夜总会工作的服务生，别人向她投去的目光永远是嗤之以鼻，或者暧昧不清。刚开始她还会挣扎，觉得只要自己站稳脚跟，任凭谁都撼动不得。但是她错了……于是，在很多个日日夜夜之后，她学会了坦然接受任何人的任何目光，好像麻木了一样。

她的天空永远是阴沉沉的，永远下着连绵的雨，没有一丝阳光。

不过现在，非儿……她的妹妹……

"非儿，我一定会好好儿对你的……"

房间里没有时钟嘀嘀嗒嗒的声音，时间如同静止了一般，满眼是无尽的黑暗，没有边际。

沈露起身了。

非儿在半夜醒来，觉得很渴。"姐姐，我想喝水。"

好久都没有回答，旁边的位置静悄悄的。

过了一会儿，她又说："姐姐，我要喝水。"

还是没有回答。

"姐姐？"

非儿把手伸向沈露原来所在的地方，只摸到冰冷的被子。

她瞬间清醒过来，睡意全无。

姐姐去哪儿了？

非儿感到自己的心跳加速了。她告诉自己不要紧张，姐姐一会儿就会回来的，心中却越发害怕。

"姐姐，不要丢下我，我会乖，会听话，一定不惹你生气。姐姐，你不要丢下我啊！"

她几乎掉下泪来。

"你不是说会一直照顾我的吗？"

她安慰自己，再等等，姐姐很快就会回来，她只是有事走开一小会儿，就要回来了。

不管怎样，她都不能说服自己暂时忘记——姐姐不要她了，这个想法几乎已经在她心里疯长起来。

外面有微弱的光芒，这让非儿不至于太害怕，她可以看清这个房间：歪了一个脚的桌子就在离她不远的地方，小吊灯悬在桌子的上方，角落里有一个小木头柜子，是用来放衣服的。这些东西都在，没有任何改变，那么姐姐呢？

非儿安静下来，想着姐姐会去什么地方。

夜很静，非儿定定地坐着，蓦地听见隔壁的房间里传来响动。非儿以为听错了，但仔细听，声响还是存在。

非儿跳下床，连鞋都顾不得穿，就想去看个究竟。

她轻手轻脚地来到隔壁房间的门口，推开这道不能上锁的房门，留出一条缝隙让自己可以看到里面。

眼前的一幕把她惊呆了，她看见一只粗壮的野兽正在撕扯姐姐的衣服，她几乎可以看见姐姐痛苦的表情。

非儿吓坏了，匆忙之中环顾四周，瞥见了门里靠在墙边的旧玻璃花瓶。来不及多想，她用最快的速度冲进去，在角落里抱起花瓶，随后看准方向，用尽全力往那只野兽的头上砸去。

"砰"的一声，花瓶碎了一床，碎片又滚落到地上，伴随着男人的哀号声和女人的尖叫声。

啊！原来那不是野兽，是个男人！看着面前暴跳如雷的男人和忙着穿衣服的姐姐，非儿愣在那里不动了。

"他妈的！哪儿来的小杂种！老子打死你！"男人一手捂着头，猛地抬脚踢在非儿脸上。非儿还没反应过来，就已经翻倒在地，脸上瞬间像火烧一样，又肿又烫；喉咙里蹿上来一阵血腥，她"哇"地吐出一口鲜血来。

男人又上来抓住她的头发，把她从地上拖起来。非儿惊恐地看着眼前这个强壮的男人，她不知道发生了什么事，也不知道他会把她打成什么样。她想到姐姐，为什么姐姐不阻止他？

眼看一只手掌又要甩过来，只听沈露叫道："够了！这是我妹妹。"她从床上下来，一把抱起非儿就往外走。

非儿很想向姐姐解释，她以为有只野兽要把姐姐吃掉，想救姐姐，情急之下就拿花瓶砸了上去。可她说不出话，嘴像是已经裂开了。沈露抱着她下楼，一直走到大街上。

好不容易有个说话的机会，非儿还来不及开口，立刻感到自己的身体一下子落在了冰冷的地面上。

非儿一抬头就看到了沈露的怒容，听到她厉声道："你给我有多远滚多远，别再来烦我！"

说罢，沈露趿拉着拖鞋上楼，头都没有回一下。

非儿艰难地抬头望着，直到沈露的身影消失在转角的地方，她才无力地低下头："姐姐……"

她想说，自己真的不是故意的。

第二章

命中的相遇

非儿听着沈露的脚步声渐渐消失，在黑暗中摸索了好一会儿才碰到墙壁，可她马上又把手缩回来——好冰！她从房里出来的时候只穿着单衣，光着脚，身上多处被碎瓷片割伤，那个男人踢的一脚尤为用力，非儿似乎还处于昏厥的边缘。身上的每一处伤口都在流血，让她痛得叫不出声来，但最痛的伤口谁也看不见——在心里，说好要照顾她的姐姐不要她了。

天黑得像是再也不会亮起来了。她抱住自己："我就要死了吗？"

这似乎是这一年冬天最黑暗的一个晚上，天上没有星星，所有的灯火也都已经熄灭。非儿感到前所未有的寒冷，她不住地颤抖，牙齿咯咯作响。她幻想着有人抱抱她，给她温暖，但这个念头被一阵寒风吹散了。

"没人会来疼我的，谁都不要我，姐姐也一样。他们讨厌我，但是我又做错了什么？"她的身体往墙角缩了又缩，似乎想把自己融进去。

她恐惧地望望天空，开始祈求这漆黑的夜幕不要亮起来。她怕天一亮就会有一大群人围着她冷眼旁观、指指点点……孤独无助是可以适应的，非儿已经习惯，她会自己安慰自己。但她害怕活在众人议论或鄙视的目光中，那才是莫大的痛苦，如同万箭穿心。

她宁愿就这样冻死，或者痛死过去，谁也看不见。

风很冷，慢慢地吞噬着非儿的知觉，但她仍可以感觉到有个人正向这边走来，她努力抬起头去看。

近了，一个黑影，穿风衣的人，男人。

忻宇忧一直是凌晨三点回家的，今晚却提早了一个小时，而且选择了只有下雨天才走的小路。谁也说不清楚为什么，他自己也不能，好像冥冥中注定似的，命运的丝线就是要把他拉向这个女孩。

几步之遥，宛如跋涉千里而来，只为这命中注定的相遇。

忻宇忧循着啜泣声走近墙角，仔细辨识，依稀看到一个蜷缩着的小孩子，不由得停下了脚步。

他俯下身："小朋友，怎么了？为什么这么晚不回家？爸爸妈妈呢？"

非儿从来没有听过这么好听的声音，像是冰冷的空气里骤然开出了一朵美丽的花。她好想和这个声音说说话，但实在不知道说什么，最终只是摇了摇头。

忻宇忧拿出手机，似乎要拨打电话，非儿紧张地脱口而出："你要做什么？"

"你不说话，我只能报警，让警察带你找你的爸爸妈妈了。"

"不要报警！我不想——我的爸爸妈妈……找不到了。"

"那你住在哪里？我送你回去。"

非儿摇了摇头："我惹我姐姐生气了，她不让我回去。"

非儿无论如何都不愿意说出姐姐的住址就在不远处，因为她根本不知道自己现在该怎么去面对姐姐，更害怕姐姐会再次把她丢出门，那样的话，她就真的永远也回不去了。她在脑海里反复想着，姐姐不要她了，她没有家了……

忻宇忱直起身子，四下看了看，万家灯火都已熄灭，漫无边际的黑暗之中，这个孩子的家会在哪里呢？他借着手机微弱的光芒，看到非儿带着血的脸，皱了皱眉头："小朋友，你知道你姐姐的手机号码吗？"

非儿是知道的，白天下火车后姐姐叫她背下来了。她的心又不由得疼起来，那时候，姐姐还那么关心她，害怕她走丢啊。不过半天时间，怎么一切都变了？

"姐姐叫我滚……姐姐不会管我的……"非儿有些心灰意冷地嘟囔道。

忻宇忱伸出手，轻轻地摸了摸非儿的头发："不会的，我相信你姐姐只是在说气话而已。"

是这样的吗？非儿的心里燃起了一丝希望。对啊，也许有万分之一的可能，姐姐只是在说气话……

于是，非儿把沈露的手机号码告诉了忻宇忱。

忻宇忱拨打了好几遍，沈露的手机都是关机状态，他只能无奈地叹了一口气。

忻宇忱看了看瑟瑟发抖的小女孩，真的不忍心就这样丢下她不管。他温柔地开口："小姑娘，今晚你愿意去叔叔家待一晚吗？叔叔家也有个小朋友，和你一般年纪，你们可以一起玩。我已经给你姐姐发了短信，我相信，她一看见短信就会接你回去的。"

良久，非儿慢慢地点了点头。

忻宇忧把非儿带回家，当打开灯看清楚这个孩子的时候，他惊讶极了：衣服好几处划破了，血滴得到处都是；左脸肿胀，有大面积瘀青，嘴角有干涸的血渍；并不很长的头发凌乱地散开来，几根发丝沾在脸上，被泪水浸泡着。

"你姐姐打的？"

非儿立即摇了摇头。

"那是谁？"

非儿沉默。

忻宇忧先开了空调，让整个房间温暖起来，然后打水给她清理伤口，为她准备干净的睡衣。他不能理解，这样一个孱弱的小女孩，能犯多大的错误，有谁忍心把她打成这样呢？

忻宇忧在床边坐了好久，看她熟睡的样子，很是痛心，他在她身上仿佛看到了另一个女孩。同样是这般年纪，同样是这样弱小，她……也会受到欺凌吗？

他不知不觉地皱起眉，右手紧握成一个拳头。

过了一会儿，他吐出一口深长的气，让自己放松下来。

环顾四周，不少空酒瓶子倒在地上，地面上积攒了很多垃圾，桌上覆盖着一层厚厚的灰尘。很久没有打扫过自己的房间了，忻宇忧皱着眉想，看来又要劳累一晚上了，可不能让小孩子看到这么糟糕的房间。

他先把桌上还没有喝的酒全拿到厨房放进冰箱，然后开始了清理工作，声音还要尽量降到最低，不能吵到床上正在熟睡的孩子。

忻宇忱再次看清楚了自己的生活环境有多么脏乱，他把家里的任何地方都整理得井井有条，给侄子佑安一个干净的环境，唯独自己的房间从来不知道打理。

今夜无星无月，风大，无眠。

非儿醒来时是早晨七点，在没有睁开眼睛之前，她还以为春天到了，周围竟然是那么温暖。她诧异地扫视着这个并不十分宽敞的以白色为基调的房间，它干净得没有任何杂质。窗户被及地的窗帘遮住了，布质的窗帘缀满彩色的碎花，比她之前见过的任何布料都漂亮。非儿低头，看到地板上铺着淡蓝色的地毯，窗边放着一张小桌子，桌子上摆放着电话和台灯，台灯发出柔和的白色光芒。

非儿再次抬起头的时候，注意到床对面的墙上挂着一张巨大的照片：两个穿格子衬衣的男子对着镜头笑，其中一个三十出头的样子，另一个和非儿差不多大。他们笑得那么甜美，真像两个天使。

她想凑近点儿看，可手轻轻一撑，她就疼得叫出声来。声音很轻，她很庆幸没有吵到房子的主人。

门被敲了三下。非儿的心跳加快了，她很有礼貌地说："请进。"

一个男孩探头探脑地望进来，随后是整个身体。非儿看清楚是照片上的那个小男孩，软软的头发，眼睛大而亮，笑容清澈，很帅气的男孩。

他向非儿问好："姐姐早，我叫忻佑安。早餐做好了，叔叔让我来叫你。"

非儿点了点头，很小心地下床，穿上放在床边的毛茸茸的拖鞋，这是她穿过的最好的鞋子，柔软又保暖。她每走一步都小心翼翼，好像稍不留神，鞋子就会飞走。

佑安带非儿来到餐桌旁，拉开一张椅子请她坐下。然后，他跑去自己的房间，很快抱了件毛衣出来："穿上它就不冷了。"

非儿接过毛衣，感激地看着这个帅气的男孩。

"睡得怎么样？伤口还疼吗？"声音是从后面传来的，非儿着实吓了一跳。

她转过头，双眼直直地盯着忻宇忱，觉得他像是从童话故事里走出来的王子。

尽管整晚没有休息，忻宇忱还是显得精神饱满。忻佑安跳着过去拉住他的手："叔叔，今天是星期六，你带我们出去玩好不好？"

"小姐姐身体不好，不能出去，今天要在家休息。"他边说边摸了摸佑安的头，然后在非儿身边蹲下。

忻宇忱问非儿："可以告诉我到底发生了什么事吗？"

非儿摇头。

她不知道该怎么说，痛苦从她记忆的开始就一直延续着，无从说起，她不记得自己的生活什么时候好过。她觉得自己就像在家乡见过的一种花，白色的，随风而走的，从来不知道会被吹到什么地方，遇到什么事情。念念告诉她，那种花叫蒲公英，是很普通的植物。非儿记住这个名字了，蒲公英，流浪的花朵。

这种植物真的很普通吗？她在心里问。如果是这样的话，那她就不能算是不幸的了。

忻宇忱看了看非儿脸上的伤口，不再问下去了，转而开解道："你什么都不说，闷在心里很难受的。这个年龄的小孩子应该是无忧无虑的，你要学着开朗点儿，知道吗？"

依然是沉默。

非儿很想跟忻宇忱说几句话，但不知道说什么好。

忻宇忱正欲起身，非儿一着急，忙开口说："叔叔，我会听你的话，学着开朗。"

忻宇忱笑了："你还没告诉我们你叫什么名字呢。"

"沈非儿。"

他若有所思地看了看茶几上的照片："非儿，你的名字真好听。"

非儿顺着他的目光看去，照片上是一个漂亮的女孩子。

"是非的非。"

"哦，是非的非吗？也挺特别的。我姓忻，你可以叫我忻叔叔。"

"不公平的，我说了我的姓名，可你只说了一个姓。"

"我叫忻宇忱。"他无奈地笑了笑，露出洁白的牙齿。

非儿从出生到现在，似乎从来没有像今天这么开心过。佑安牵着她的手去自己的房间，房间大致上和忻宇忱的相同，就是多了一个储物柜，横靠在墙边足有半面墙那么大，上方是玻璃橱窗，里面陈列着各种各样的飞机模型。佑安拉开橱门，一只毛绒玩具倒在他头上，是一只灰色的熊猫，和他们差不多大小，摸起来软绵绵的。非儿很小的时候，奶奶给过她一只小兔子，毛硬邦邦的，那是她记忆中唯一的玩具，只是没多久就被一个小堂妹抢去了，她曾为此难过了好久。

非儿看着佑安把玩具一件件拿出来，放得整个房间都是，奥特曼、变形金刚、会唱歌跳舞的金发娃娃、五颜六色的积木……

佑安把飞机模型一一放到地面上，为非儿介绍每一架飞机的用途、功能。非儿只是看着，这些东西对她来说太新奇了，她从来没见过，更别提如何去玩了。她像一个什么都不懂的小孩子，偶然进入了神秘的殿堂。

介绍完之后，佑安开始讲述他的伟大理想："非儿姐姐，我长大后要造一架全世界最好看、飞得最高的飞机，然后带着你和叔叔飞到好远好远的地方。你们想去哪儿，我都可以带你们去哟。"

又翻箱倒柜地忙碌了好一阵，佑安突然爬起来，把地上的玩具都拨到一边，留出一片大面积的空地，然后在上面放了一辆红色的玩具汽车。接着，他又把一个长方形的、长着一根触角的塑料物体放到非儿手中："试试看，按那个红色的按钮。"

非儿照他的话做。

"哇，车子动了！"她叫道。

佑安耐心地指导着："小心别撞墙，按蓝色那个，转变方向的。"

非儿按下蓝色的按钮，小汽车果然转弯了。

"你看，是不是很神奇啊？"

非儿捏着遥控器点头："嗯！"

忻宇忱进来过几次，拿点心给他们吃，有时候就静静地站在一旁看着，面带微笑。有一次，他走过来，看到非儿正盯着柜子里一只银制的、带有小花纹的手镯看，便将手镯拿出来递给她："非儿，这个送给你。"非儿摇了摇头，虽然银制的手镯很漂亮，但是看得出，那东西似乎很贵重。

忻宇忱想了一会儿，说："镯子原本有两只的，另一只送给了别人，但是叔叔不小心把那个人弄丢了。这只就送给你吧。"

非儿犹豫了，这似乎是挺重要的东西："我……我不能要。叔叔，还是给佑安吧。"

忻宇忱笑道："佑安是男孩子啊，你让他怎么戴？"他不由分说地给非儿戴上了，"不用多想，这就是一个小礼物，你就当成叔叔的见面礼，好吗？"

非儿想起了茶几上的照片。过了很久，她怯生生地问："那是一个非常重要的人吗？"

忻宇忱点了点头，思绪有些游离。

到了吃午饭的时间，佑安趴在餐桌上看着忻宇忱："叔叔，我不想吃饭，我要和非儿姐姐玩汽车。"

忻宇忱笑笑："这样佑安是长不大的。"

"可我就是不要吃。"佑安放下碗筷。

"听话，饭怎么可以不吃。"

非儿想了想，神秘地对佑安说："你听过水底妖怪的故事吗？他们会吃小孩的。"

"啊！"佑安显然有点儿怕，睁大眼睛看着非儿。

非儿在心里偷偷一笑，继续说："尤其是不听话的小孩。你不吃饭就一直长不大，这么不乖，妖怪要来抓你哟！"

佑安立马抓起碗大口大口地吃起来。

忻宇忱看着两个孩子，一阵好笑。

这时，门铃响了。

忻宇忱看向非儿："应该是你姐姐。昨天晚上我给她发过信息，上午她给我打电话了。"

非儿内心忐忑不安："虽然姐姐说过让我滚得越远越好，但她现在来找我了，是代表她原谅我了吗？"想到这里，她有些期待地看向门口。

佑安突然从椅子上跳下来："不行不行，非儿姐姐要和我一起玩的！"他噘起嘴，摇着身体委屈地看着忻宇忱。

忻宇忱向他解释说："非儿姐姐还是要回家的呀，她姐姐也需要她。"

佑安想了想，兴奋地提议说："那把她姐姐也接来，我就有两个姐姐一起玩了！"

"佑安，她们有自己的家，不可以说搬就搬的。更何况，我以后还可以带你们一起出去玩。现在你听话，让非儿姐姐回家，好不好？"他那么认真地向佑安说明道理，而非儿见过的其他大人总是没有这种耐性。

非儿紧张地问忻宇忱："你们真的会来找我一起玩吗？"

"是啊，我们拉钩，好不好？"忻宇忱微笑着弯下身子，伸出大手。

大手指和小手指紧紧地拉在一起。

"拉钩拉钩，一百年都不变，骗人的是小狗。"忻宇忱的话把非儿逗笑了。

忻宇忱和沈露在门外讲了一些话，非儿没有听见，她和佑安在门的这边做了一个简短的告别。

沈露看到非儿，先是愣了一下，然后冲过来，蹲下身子，小心翼翼地对非儿说："对不起，非儿，是我不对，原谅我好不好？"她的眼圈红红的。

非儿怯怯地看了看沈露，用力地点了点头，眼泪跟着流了出来。沈露一把抱过非儿，抱得紧紧的。

和姐姐走出大门时，非儿回头看了看忻宇忱。他微笑着向她挥了挥手，转身进屋了。

回家的路上，非儿认真地记着每一步路。不要忘记忻叔叔的家在哪里，她这样告诫自己。

临行前，忻叔叔没有对她说很多话，只是叮嘱她，要想得到自己向往的美好生活，就得努力去追求。非儿暗暗地记住了。

才半天不见，沈露看上去憔悴了很多，非儿有些心疼。她心里藏着万千思绪，对姐姐又似乎有千言万语，可是她太小了，万千思绪不知道怎么理清楚，千言万语也不知道该从何说起。

沈露的内心也藏着百转千回。她原本就知道自己脾气差，想着要尽量克制住，可最后还是失控了，还是给非儿带来了伤害。这一刻，她快要恨死自己了，恨自己的喜怒无常，恨自己的出尔反尔，也恨自己没有保护好妹妹。更让她恐慌的是，她不知道要怎么做，才能弥补自己对妹妹造成的伤害，也越来越不确定自己是否能给非儿提供足够好的生活。

对于忻宇忱，沈露心里是厌烦的，厌烦中夹杂着一丝自惭形秽。他表现得越是有涵养，就越能衬托出自己的粗鄙。而这样的她有什么资格抚养非儿呢？非儿会不会恨她，会不会更愿意跟那个仅有一面之缘的人一起生活？只有紧紧地抓住非儿的手，她才能感觉到妹妹是完完全全属于自己的，不会被任何人抢走。

"非儿，无论发生什么事，都不要离开我，好吗？我们要永远在一起。"

非儿轻轻地点着头，尽管并不明白姐姐为什么要说这种话。

第三章

懵懂中成长

忻宇忱的出现就如一颗流星划过漆黑的夜晚，他用明亮的光芒点亮非儿的世界，即使一瞬间就消失了，非儿也会永远记得那个瞬间。他在她最无助的时候给了她最大的帮助，她记得他的笑容，那笑容是那么温暖、那么充满力量，仿佛可以抵挡一切艰难险阻。

回到姐姐家后，在很长的一段时间里，非儿很沉默，不知道该如何与姐姐相处。经过那个可怕的夜晚，非儿再也不敢走进那个房间了，隐隐约约觉得里面有一只凶猛的怪兽，她要是进去的话，就会被咬死。

沈露陪着非儿在她的小房间里过了几天后，又回到原来的房间睡了。从此以后，她再也没有带男人回来过夜。

非儿小心翼翼地和沈露相处着，她知道姐姐会突然发脾气，但心里还是爱着自己的。偶尔走到外面，非儿会听到有关沈露的闲言碎语，因为沈露在夜总会工作，邻居对她们姐妹从来都不友好。非儿渐渐学会了不去在意别人的眼光，只求能和姐姐安安静静地生活。

非儿喜欢盘着腿坐在床上看窗外，窗外是一片很小的天空，因为远处被更高的建筑挡住了，看不到很远的地方，然而这确实可以打发很多时间。风大的时候，她会看到很多叶子在空中飞舞，有时窗子会被风吹开，几片叶子就会掉到书桌上。偶尔有几只叫不出名字的鸟匆匆飞过，嘶哑地叫一声，天空不会留下任何痕迹，连根羽毛也没有。然后连它们的声音也忘记了，像是什么也没有出现过，但非儿记得有鸟飞过这里。

非儿不知道这样的生活究竟意味着什么，也不知道这种冗长的岁月还要持续多久，好像活着就是为了与姐姐相依为命，再就是偶尔想念忻叔叔和佑安。能够在未来的某一天见到他们，成了非儿今后几年的小小心愿。

非儿偶尔会做噩梦，每当这时，沈露就会在身边陪着她。有一次，非儿依偎着沈露，渐渐平静下来，她问："姐姐，你会做梦吗？"

沈露抱着她："会的。刚来这个城市的时候，我总是梦见自己走在森林里，迷路了，身边是各种各样的怪物。"

非儿被这个话题吸引了，她脸上还留着泪痕，神情却非常专注："都是些什么样的怪物呢？"

沈露想了想，说："有大老虎、狮子、狼……还有很多叫不出名字的妖怪。"

"它们要吃你吗？"非儿睁大了眼睛。

"也许吧，我总是很快就被吓醒了，不知道后来会怎么样。"

非儿皱着眉头问："没有别的了吗？"

"有啊，但是我已经不记得了。"

"那你现在会做什么样的梦呢？"

沈露看着窗外的夜色，轻轻地叹道："我梦见自己一个人站在黑暗里。"

非儿屏住呼吸："然后呢？"

沈露说："没有然后了。"

"你害怕吗？"

"很害怕。"

非儿抱着沈露的肩膀说："姐姐，我们一起，就不怕了。"她才感觉到，原来姐姐是那么瘦小。

沈露把非儿的头按在自己的胸口："是的，我们一起。"

就这样过了几年，非儿上初中了，学校离家很近。那是一个很乱的学校，每天都有人逃学、打架、不交作业……非儿在其中混日子，从来不会表现自己，也不会闯祸，像是一条深海中的黑鱼，静静地穿梭着，没有任何目的与方向，不会掀起波涛，也不会受到注意。

无论人前人后，非儿都沉默寡言。她记得答应过忻叔叔要开朗起来，不要什么事都闷在心里，但她总是无法开口，那些在她身边行色匆匆的老师与同学似乎都是陌生人。她只有和沈露才能正常交谈，但言语也不会很多。

与忻叔叔分别后，在长时间的等待里，沈非儿越来越着急，终于忍不住试着去找他们。然而，记忆中那条并不是很远的路，她却怎么也找不到了。

那天，非儿躲在被子里，伤心地哭了，她觉得一切都糟糕透了。

当初的承诺，或许只是一个成年人对一个孩子虚假的谎言吧。这一段陈年往事若是发生在别人身上，他们早就忘记了。而她之所以还能记得这么深刻，或许仅仅是因为她贪恋那一刹那的怜爱。那是她从未体会过的感情啊，那么美好，又那么特别。她甚至对周围的一切产生了本能的排斥，只为了留住这一段回忆。

姐妹俩从来不会提起忻宇忱和忻佑安，也不会提起那个让人不安的夜晚。但非儿一直相信，他们总有一天会来找她。

可几年过去了，他们还是没有出现。

这一年冬天，唯一的下雪天，非儿跑到楼下去堆雪人。她太怀念大雪了，原来生活的城市一到冬天总是积满厚厚的雪，来到南方后，她就再没见过雪了。

正玩得高兴的时候，几个雪球突然砸过来，有一个正好打在她的脸上，生疼生疼的。一群孩子追着她打："这是外星人，大家一起打！追啊！"

非儿蹲下身，把脸埋入膝盖，双手抱头任他们打。她不知道这场"战争"持续了多久，只听到最后沈露对着这些顽皮的孩子破口大骂，然后他们一哄而散。

"痛不痛？"沈露心疼地摸着非儿的脸，"怎么不躲呢？"

"不痛……"后面那个问题非儿答不上来，因为她也不知道。她好像觉得躲不躲无所谓，照样都会被打到，那就不躲了吧。

沈露看到非儿一脸无所谓的样子，突然严肃地说："非儿，即便是面对失望、绝望，甚至无望，真正地看不到一点点希望，你也要想办法自己生存下去，因为这世上没有谁会来在乎你的万念俱灰。

要活下去，只能靠自己，无论是高尚还是苟且。答应姐姐，好好儿活下去，好吗？总有一天，你会得到自己想要的一切。"

听到姐姐的这番话，非儿想起了忻叔叔曾对她说过的话。他说，要想得到自己向往的美好生活，就得努力去追求。

非儿突然郑重地说："姐姐，我知道了。"

活下去，无论是高尚还是苟且。

非儿开始试着改变，为了姐姐，为了忻叔叔，也为了自己。

她加倍努力地学习，虽然辛苦，却很快乐、很充实。在一年多的努力下，她的成绩一直是第一名，与同学之间也相处融洽。在所有人的眼中，她变成了一个积极向上、乐观开朗的好学生，看到老师会很有礼貌地问好，对同学有求必应。这个瘦瘦小小的女孩子，脸上总带着甜甜的笑容，对认识的或不认识的人，都抱着温和的态度。

这一切，都只是为了实现那个对自己的承诺——变得更好。

非儿想着那次简短的对话：

"你什么都不说，闷在心里很难受的。这个年龄的小孩子应该是无忧无虑的，你要学着开朗点儿，知道吗？"

"叔叔，我会听你的话，学着开朗。"

在刚试着与人相处时，非儿浑身不自在，像是刚从泥沟里爬起来，身上沾满淤泥，就被人注视着似的。但她还是把笑容挂起来，由机械慢慢变得熟练。在别人伤心的时候，她握住那个人的手给予安慰；有人学习跟不上，她主动为他补课。

便是这样一晃，非儿初中毕业了。

不知不觉的岁月里，她长成了不知不觉的模样。

如今，十六岁的沈非儿抱着厚厚的日记本坐在书桌前，轻轻地叹了一口气。她拉开窗帘，阳光有些灼热，晒在皮肤上有一点儿烫。楼下是一个花园，有些孩子在玩耍。她摸了摸用细绳挂在脖子上的镯子，轻轻一笑。

倏忽而过的光阴里，镯子被打磨得越加光华如新，紧紧地陪在她的身边，从不曾分离。

沈露的生活并不好过，在两姐妹之中，她是家长，非儿是孩子，她必须担负起照顾这个孩子的重任。

再多的痛苦她都一个人熬过来了，也越来越熟悉那样的环境。每天游走于酒吧、舞厅等娱乐场所，她慢慢地习惯了这样的生活方式，懂得了见到什么样的人该说什么样的话，怎么样可以赚到更多的钱。她还年轻，可以让各种各样的男人自愿拿出钱来。但是，她憎恨这样阴暗的生活，憎恨舞厅嘈杂的人声和俗艳的灯光，憎恨那些浑身汗臭的男人，甚至憎恨她自己。

这样的地方，一旦踏进来就很难再走出去，更何况她还有个妹妹，她要让非儿过上好的生活，起码要有最基本的保障。她总是告诉非儿要乖，要听话，要重视自己的学业，只有这样才能让生活好起来。在她看来，她这一生算是没什么希望了，但非儿不同，非儿的未来是充满光明的。

非儿看着沈露看似忙碌、精彩实则惨淡无趣的生活，不知道应该怎么做才能让姐姐多一点儿笑容。她知道姐姐是真的爱着她的，虽然有时候会和她生气，但她一点儿也不在意。她能看到姐姐的痛苦，也越发乖巧懂事，不想辜负姐姐的期望。

她们是姐妹，彼此沉默地深爱着对方，相濡以沫。

高一的上半学期，沈露突然告诉非儿，她们要搬家了。

非儿很不理解，怎么回事？为什么这么突然就要搬家呢？这么多年了，这么破的房子她也已经习惯。非儿开始喜欢上她房间的破窗户，透过它，她看见了一年四季的变迁。现在说走就走，她还真有点儿舍不得。

非儿得知，一个叫刘海顺的男人说要给沈露幸福。他很有钱，能给她们丰厚的物质生活。

姐妹俩的生活在一夜之间改变了。沈露不再没日没夜地往外跑，不再浓妆艳抹，不再有满身的酒气，不再乱发脾气。她改穿素净的衣服，在家安安静静地养植物，甚至养了一只名叫糯米的小狗。

非儿每天都可以看见沈露甜甜的笑容，感到很温馨。她也有了一个属于自己的漂亮的房间，房间里放着双人床，沈露亲手铺上了粉色的床单。她们曾商量把房间布置成什么颜色，非儿说："就白色的吧。"她记得忻叔叔家就是白色的。沈露偏爱粉色，说粉色比较适合非儿这样的小姑娘。最后，非儿听从了沈露的意见。

房间的壁橱上画满了可爱的小动物，这也是非儿喜欢的。打开一看，壁橱里挂满了各种颜色和款式的公主裙，非儿禁不住错愕，以为这一切只不过是一场不真实的梦。

她身后传来一个男人的声音："怎么样，小非儿，喜欢吗？"

她转过身，看到穿着一身休闲西装的刘海顺。他有一种让人难以接近的威严，但也不失长辈的和蔼。她高兴地点头，心想，原来男人穿西装这么好看。

这是他们的第一次交谈，非儿对他的印象很好。她一开始很难接受姐姐找了一个年龄那么大的叔叔同居，但现在看来，他们在一起很幸福，非儿放心多了。

沈露坐在床沿："这些可是你姐夫亲自给你买的，你还不快叫一声？"

姐夫？陌生的称呼。但非儿甚至没有丝毫犹豫，就很高兴地冲刘海顺喊了一声"姐夫"。

刘海顺用温柔的目光看着沈露，这个二十九岁的女人，在他面前却像个孩子。

非儿看在眼里，为沈露的幸福而高兴。长久以来，沈露生活在一片黑暗中，没有快乐，没有欢笑，整日整夜伴随着她的只有酒精和尼古丁，这对她来说太不公平了。好在这一切都结束了，从现在开始，她就要远离那些黑暗混沌的场所，开始自己新的人生了。

"姐姐，你们什么时候结婚？"非儿仰起头，想象着沈露穿婚纱的样子。

沈露看了看她，做出一副轻描淡写的样子。"他没有这个打算。两个人的爱情不用靠一张结婚证书维持。"她说，微笑着拎起糯米的小爪子。

"姐姐，你确定要这么做吗？"非儿有些不安，她害怕姐姐受到伤害。

"当然了。你怎么会这么问呢？非儿，以前我一直以为，像我这样的人不可能拥有什么爱情，但他让我相信了。你知道吗，我和他第一次见面的时候，我喝醉了，醒来时在一家宾馆里，我见到他从另一个房间里出来，当时就好感动。"

"这能代表什么吗？"

沈露握住非儿的手："那是尊重，人与人交往下去的前提。他给了我这个前提，并没有把我当作一个随随便便的女人。我相信他是爱我的。非儿，接受他，好吗？"

非儿看着沈露，缓缓地说："当然了，只要姐姐能幸福，我不会有异议。"

"非儿，我的好妹妹，我们就要有新的生活了，你不高兴吗？"

非儿安慰地笑了笑："怎么会呢，我很开心。"

第四章

校门口的痞子

搬家的时候，非儿在沈露的床底下看到一张遗落的字条——和灰尘纠缠在一起的、可以随手扔进垃圾箱里的字条。但是，非儿停顿了几秒后，还是把它展开了。

她不知道那是一种什么样的神奇力量，当看清楚上面的字时，她的心肺间忽然涌动起激烈而绵长的声响。

字条上有一行小字，留有地址、电话，落款是忻宇忱。

原来，那天忻宇忱在门外和沈露说话的时候，给了她这张字条。

姐姐为什么不告诉她呢？是她忘记了吗？非儿的心中存有一点点疑惑，但很快就被喜悦冲淡了。

非儿觉得忻叔叔的字特别好看，她把号码背下来，再将字条小心翼翼地夹进了日记本里。

她冲向电话，调整了一下跳得飞快的心，屏住呼吸，按下电话号码。

"嘟——嘟——"非儿的心又狂跳起来。她过会儿怎么说呢？忻叔叔还记得她吗？怎么这么轻易就拨了电话呢？她连说些什么都没有想好。忻叔叔怎么还不接？又响了好久，还是没有人接电话，她的心渐渐平静下来。她不愿挂电话，直到另一头传来忙音。

忻叔叔应该不在家吧？她有些失望，同时也安心了。若是对方接了电话，她会更加不知道该怎么办吧。

正想着，电话响了。非儿看了一眼来电显示，心又狂跳起来。

她吸了一口气，接起电话："你好。"

对面传来一个男孩子的声音："不好意思，我刚才在打篮球，你哪位？"

非儿屏住呼吸："是……是佑安吗？"

"我是忻佑安，请问你是……"

"非儿，沈非儿。"

她想，忻佑安现在也已经是十五六岁的年纪了，不知道还会不会记得几年前陪他玩过半天的那个小姐姐。或许这一切只是她固执的想象罢了，至于这想象中的其他人，其实都已经不是原来的那个样子了。

念及此，非儿几乎想哭了。

殊不知，当年那个一身邋遢、满是伤痕的女孩子，也成了忻宇忱和忻佑安难以忘记的回忆。

那头安静了一会儿，忽然传来一个爽朗的笑声："是非儿姐啊！怎么现在才来电话？那次你走后，叔叔打了好几次电话过去，可你姐姐总说你不在，还让我们不要再给你打电话了。"

"是这样啊，我一点儿都不知道。佑安，你们过得好吗？"她听着对方陌生的声音，心中感叹，过了这么长时间，终于联系上他们了。

忻佑安说："我们很好，一切顺利。但是，非儿姐，我快要中考了，出不了门。"

非儿笑了笑："没关系，学习重要。"

佑安说："我正在想着填哪个学校呢。你现在在哪里上学？"

"东泽。"非儿说出了她的学校的名字。

佑安说："我最想考的也是那里！"

对着话筒一阵无言，非儿在心中感谢佑安，谢谢他还记得她，谢谢他还是一个那么好那么好的孩子。

她望着窗外，久久地出神，那年的记忆再一次汹涌而至，比之前的任何一次都要猛烈。她觉得自己仿佛又回到了那一天，她还是那个站在忻叔叔身边的小女孩，似懂非懂地听着他温暖的话语。

这一切都是真实的，并且还将继续下去。

把家具都搬完的那天，沈露生病了。非儿陪她去了趟医院，好在沈露只是有点儿发烧，没什么大碍。

回来已经很晚，非儿洗完澡就睡下了，没想到第二天醒来的时候已经快到上课的时间了。

东泽中学门口，徐宾拎着单肩包慢悠悠地向学校走去，周围有不少人盯着他看，因为他手里夹着烟。这个年纪抽烟的人不在少数，但是敢明目张胆地在校园门口抽烟的人，也就只有他一个了。徐宾看了看表，迟到半小时了。无故迟到，学校又多了一个开除他的理由。他把烟头放在拇指与中指之间，从窗口弹进门卫室，正好落入门卫身边的垃圾箱里。

他的脸上露出一个桀骜的笑容，向门口走去。

"徐宾！"门卫叫住他，"出示学生证，登记迟到。"

"都知道我的名字了，还要我出示学生证？"徐宾懒洋洋地说。

门卫理直气壮道："学校就是这样规定的。"

徐宾轻蔑地笑了笑："那我不进去了，算旷课吧。"

他转身正要走，突然被一个横冲过来的人撞了一下，脚下一个不稳，险些撞到墙上。

徐宾吼道："谁没长眼睛啊？"

非儿今早起晚了，一路狂奔过来，没想到会在校门口撞上这个出了名的问题学生。这一声吼得她有些害怕，她连忙道歉说："对不起，我没看见，真的非常对不起。"

看徐宾不准备继续发火的样子，她急忙溜进门卫室。

"对不起啊大叔，昨天晚上我陪姐姐去看病，今天走时太匆忙，忘记带学生证了。"

门卫摆出一副和蔼的样子说："你是沈非儿吧，没事没事，进去吧，下次记得注意。"

非儿笑着说："谢谢您，大叔，再见。"

徐宾在外面听完这番对话，更是一肚子火。他踢了一脚地上的石子，拿起手机打了个电话："罗耀，沈非儿是谁？"

电话那头同样逃课的人说道："沈非儿？就是你们隔壁班的班长啊，每次考试都是全年级第一名的那个，你不会不知道吧？"

徐宾笑了笑："还真不知道。你现在在哪儿？"

"老鼠的酒吧里。"

老鼠是徐宾一个朋友的绰号，面相如鼠，机灵好动。

徐宾想了想，说："我现在过来。"

尽管今天早上遇到点儿小意外，非儿的心情还是很好，因为佑安说后天忻宇忱不上班，他会跟忻宇忱一起来看望非儿。

上午一下课，她就去公共电话亭给佑安打电话。

"佑安，告诉你一件事，我们搬家完毕，现在住的地方应该离你们家更近了。"

佑安的声音显得有些难过："非儿姐，我也要告诉你一件事。"

"哦，什么事？"

"我……我们……"

听着他欲言又止，非儿有点儿着急了："快说啊！"

"我们也搬家了。"

"搬到哪儿了？"

"叔叔不让说。对不起，我以为他会很高兴见你的，可是，叔叔他说，他不想见你。"

非儿颤抖了一下。

为什么会这样？

好像天空一下子变暗了，黑压压的一片压下来，空气凝重得让她无法呼吸。

非儿毫无头绪地盼了这么久，终于有了他们的消息，而当所有的准备都已经就绪，忻叔叔这样一句简简单单的话，就把她长久以来的梦想打破了。

忻叔叔为什么不愿意与她相见？

原来一句话就能够这么轻易地把人拉向绝境，她满心的憧憬突然全没有了。有那么一瞬间，非儿甚至不知道自己是谁了。她靠着电话亭，茫然地望着眼前的小路，它是那么小、那么破旧，堆了很多垃圾，几乎无人问津。非儿觉得这已经不是一条路，而是埋葬她美好希望的坟墓。

佑安还在电话另一头说："非儿姐，我叔叔说，他想通了就一定会见你的。到时候你和我一起去，他见到你一定特别开心……喂，你在听吗？非儿姐……"

非儿艰难地拿着听筒："佑安，我有点儿不舒服，对不起。"

她挂上电话，小步跑开了。

中午，非儿吃不下饭，一个人坐在教室里发呆。她想起这些年和沈露相依为命的种种，想起沈露说的："即便是面对失望、绝望，甚至无望，真正地看不到一点点希望，你也要想办法自己生存下去，因为这世上没有谁会来在乎你的万念俱灰，要活下去，只能靠自己，无论是高尚还是苟且。"

但非儿觉得，其实从失望、绝望到无望，都不是最可怕的，最可怕的是无望之中重新燃起的希望。它让你腐烂的心脏再一次长出血肉，再一次有所期待，但这又将是新一轮从生到死的过程。你只能眼睁睁看着自己的幻想一点点消亡，死去活来，一遍又一遍，就像是永生的痛苦。

下午连着有两节选修课，这是非儿想要的。陌生的老师，陌生的同学，开放式的讲解，这样她就不用聚精会神地听课，可以在自己的小世界里再徘徊一会儿。

非儿选的课程是外国文学，她早早地去了教室。与以往不同的是，她选择了教室里最后一排的座位。

她曾听同学笑说："那最后一排啊，就是个人渣堆。"

非儿向来也讨厌坐在最后一排的人，但是今天，她放纵地将自己扔进了那个"人渣堆"里。

这节课没有课本，非儿拿着自己的笔记本，开始在上面胡乱地写起来。

"我一直不知道用什么确切的词汇去形容你对我而言的意义，我的很多同学都有自己的偶像，他们说那就是他们的希望之光。这么说来的话，我也简而化之地用这个词来形容你吧。忻叔叔，从我九岁那年开始，你就是我的偶像，你给我的那一缕阳光，让我生出了对未来的勇气。我原本已经打算好和你见面了，可是现在，我再也没有勇气站在你面前。这是一种什么样的感觉呢？就像是一个演员，在幕后准备了好久好久，到他要出场表演时，却被告知观众已经离去……那种心情很痛苦。"

笔尖刚停顿，墨迹就晕染开了。看着布满了整张纸的潦草字迹，非儿一时恍惚了。

身边突然响起一个嬉笑的声音："哟，写情书呢。"

非儿吓了一跳，立马把笔记本合上，惊慌地抬起头，看见徐宾一脸高深莫测的笑容。

徐宾在她身边坐下，瞥了眼她的笔记本："真是情书？拜托，字写得那么丑，人家看了会有好感就怪了。我今天心情好，帮你写怎么样？"

非儿白了他一眼，心想，这个人怎么这么讨厌？

徐宾双手撑着头，自言自语道："唉，原来沈非儿写得一手烂字。"

非儿想换个座位，但是举目望去，其他位置都已经有人了。她无奈地看了徐宾一眼："你安静点儿。"

"还没上课呢，下课时间都不让人说话？"

徐宾的话刚说完，上课铃声就响了，他只好用唇语对非儿说："好吧，你赢了，我安静。"

非儿忍不住笑了笑。

年轻的女教师捧着一本薄薄的书走了进来，站在讲台上推了推眼镜："同学们，继续上节课的内容。今天我们要讲的是二十世纪外国文学史上的一位奥地利作家——斯蒂芬·茨威格，他是近代德语文学最重要的作家之一，他的主要作品有……"

非儿没有心情听课，倒头趴着。

她的思绪几乎已经游离出了课堂，但是，当女教师深情地朗诵起一段小说原文的时候，她蓦地抬起了头。

"在世界上，没有什么东西可以比得上一个孩子暗中怀有的、不为人所觉察的爱情。因为这种爱情不抱希望、低声下气、曲意逢迎、委身屈从、热情奔放，这和一个成年妇女的那种欲火炽烈、不知不觉中贪求无厌的爱情完全不同……"

爱情，那个伟大的作家并未否认，一个未长大的孩子身上，是能够发生爱情的。不抱希望的爱情，低声下气的爱情，曲意逢迎的爱情……原来，她对忻叔叔，一直以来抱有的感情是……爱情？窗外和煦的阳光打进来，在教室里形成稀稀拉拉的光影。

这一刻，宛如梦幻。

非儿想笑，但是眉眼一弯，泪水就掉到桌子上了。

徐宾用胳膊捅了捅她，低声说："喂，你干吗？我没欺负你啊！"

非儿只是觉得心中震撼，震撼之外感到无比轻松和高兴。

她翻开一页空白的纸张，用端端正正的字写给徐宾看："在世界上，没有什么东西可以比得上一个孩子暗中怀有的、不为人所觉察的爱情。"

她不在乎身边坐着的这个人是谁，她只是想诉说，用茨威格无比剔透的话来诉说自己的心情。

徐宾第一次收敛起了玩笑似的神情，看了看笔记本上的字，又看了看非儿："你是单纯感动，还是深有体会？"

非儿只是低着头流泪，而徐宾从她的神情中得到了自己的答案。

一个孩子暗中怀有的、不为人所觉察的爱情，却被他看到了。

他拿过非儿的笔，写道："你已经不是孩子了。"

非儿怔怔地看着这行字，首先想到的是，这字真的很好看。她终于知道，刚才徐宾说自己的字写得丑并不是在开玩笑，她那本来不算差的字和徐宾写的字放在一起，简直有着天壤之别。

为什么一个从来看不见他拿笔的人，能把字写得这么好看？

非儿看了看徐宾，第一次，她没有用一个好学生看待坏学生的眼光，也没有用一个乖孩子看待痞子的眼光，来看待他。

徐宾又写："你好像不开心，想不想找个地方放松一下？"

非儿警惕地摇了摇头。

徐宾在她耳边低声说："放心，不是你想象的那种地方，我保证你会喜欢那里的。"

非儿看着他，将信将疑地点了点头。

两节课徐宾都坐在非儿旁边的座位上，但是两个人再没有多余的交谈。非儿心中忍不住想，她真的答应他了吗？他们俩本不该有什么接触啊。

放学后，徐宾来找非儿。非儿收拾好东西，有些别扭地跟在徐宾身后，引来了很多异样的目光。

从学校后门出去，不远处就是铁轨。徐宾走在前面，沿着铁轨一路往前走。非儿开始还有些不习惯，但是走至荒无人烟的地方，看到眼前的景象，忽然有种豁然开朗的感觉。

铁轨两旁有不知名的花草，远远望去像一幅美丽的图画。夕阳为草地镀上一层金色，暖洋洋的气息弥漫着，让人心旷神怡。

铁轨一直延伸，看不见尽头。他们就这样在风中走着，非儿不知道徐宾什么时候会停下来，只是一路跟着。

前方有一个小小的山坡，徐宾转过头说："那上面就是我经常去的地方，一眼望下来的景色很美。"

非儿跟着他往山坡上走，她从没有来过这片荒野，也不知道这个小城里有这么美的地方。

从山坡上往下看，野草长得那么高，都能捉迷藏了。遍地的小花也很漂亮，像毯子一样铺了满地，错落有致。

天暗下来之后，周围亮起星星点点的光。

非儿找了片空地坐下，看着前方浮动的微光："是萤火虫啊！"

徐宾在她身边坐下，问道："要不要帮你抓几只过来？"

非儿摇了摇头："它们飞得好好儿的，抓过来做什么？"

"还以为你喜欢。"

"我只是喜欢看它们自由自在飞翔的样子。"

徐宾微微错愕，随即转移话题："你这么晚不回去，没关系吗？"

非儿轻声说："没关系。"

或许别的家长会规定孩子回家的时间，但是沈露从来都不会。非儿有着充分的自由，只要别太晚回家就好了。不过，她放学后很少在外面逗留。

他们在山坡上坐下，居高临下的感觉很好，可以看到近处的流萤和远处的灯火，晚风拂过面颊，很舒服。

一阵强风吹来，远处飞来无数的絮状物，飞近之后，非儿才看清那是蒲公英。她急忙站起来，伸手去触碰这些远方飞来的花朵。那些轻小如棉絮般的花飞过她的指间，停留了一瞬之后，又被下一阵风远远地带走了。

非儿这才知道，原来这里也有蒲公英。这也证实了念念说的话，它们是极为普通的植物。非儿坚定地认为，蒲公英象征流浪的人，为此她非常同情这些花朵。

非儿高兴地张开双臂，像是在拥抱这美丽的夜空。她忽然在心中感谢徐宾，感谢他把自己带到这里。

她忍不住追着这些白色的小球奔跑起来，风从耳边轻轻掠过，她在心中默默祈祷，希望蒲公英们都可以飞到美丽的地方，那里会有温暖的阳光、充足的水分，它们都会长得很好。

今夜月光明亮，银白色的光华从天幕上覆盖下来。徐宾看着身边这个张着手臂在月光下追逐蒲公英的女孩，突然感觉到前所未有的宁静。

穿着白色校服T恤的女孩子，细碎的刘海儿在眉间被风吹开，有些倔强的脸笑起来满是孩童般的纯真。

他很想把这画面记录下来。

"沈非儿！"他高声叫道，看到她在回头的一瞬间露出了错愕的神情。

"什么事？"

徐宾笑着问她："你为什么叫沈非儿？"

非儿看着手中的白色蒲公英从指缝里飞走，笑容渐渐在脸上消失。她喃喃道："非就是错的意思，大概……我一生下来就不被人喜欢吧。"

徐宾抬头看着她，想了想，说："刚才你不让我抓那些萤火虫，就一定能明白，每一个生命都是被祝福的。"

徐宾带着浅浅的笑容看着她：干净齐整的白色校服，虽然经过多次的搓洗已经有了些老旧的痕迹，却显出柔和的质朴与温存；月色下，少女的脸颊光滑莹润，有着一种别样的单纯与柔美。

徐宾觉得自己的心跳突然有些加快了，他马上转开视线，拍了拍身边的空地，示意非儿坐过去。

非儿在他身边坐下："这真不像是你会说出来的话。"

徐宾笑："我那是在身体力行地享受生命的祝福。"

"你整天就知道玩，一点儿都不用心学习，就是为了让别人知道每一个生命都是被祝福的？"非儿觉得这也太说不过去了。

徐宾突发感慨似的说："不，我是在抚慰世上一切不幸的人。"

非儿笑起来："你真无聊！"

她第一次这样近距离地和一个男生接触，觉得他也并不像老师和同学说的那样讨人厌。

"时间差不多了，我送你回去吧，免得你家人以为我把你这乖乖女带坏了。"

"乖乖女？我怎么听着你像是在损我。"

徐宾一撑手，站起来："好了，回去吧。"

非儿也随之站起身，向他摆摆手："不用送了，我认识回去的路。"

她说完，转身向着山坡下跑去。

徐宾坐回原地，看着她白色的身影渐渐远去，视线里只剩下一个小白点，然后消失不见。

他眼角含笑，低低说道："笨蛋，男生要送女生回家，难道是因为怕她不认识路吗？"

第五章

烟酒与向日葵

回家后，非儿打开她的日记本，一页页翻过去，将这些年来不为人知的想念再次复习了一遍。

脑海中再次闪过挥之不去的声音。

"叔叔他说，他不想见你。"

"……这种爱情不抱希望、低声下气……"

是真的没有希望，一点点都没有。

非儿无比沮丧。

忻叔叔当初带自己回家，就好比是带一只受了伤的小兔子回家吧。兔子伤好了，离开了，他也就忘记了。只有自己一个人在这漫长的年月里，将回忆一遍遍播放，念念不忘。或许，是她太执着了。

合上本子后，非儿有点儿失落，但是，就让它过去吧。

看了看忻叔叔给她的手镯，这么久了，她一直把它随身带着，虽然不知道当初忻叔叔为什么会把这只手镯送给自己。

非儿整理了一下头发——这么长，该剪了。

她一直很爱惜自己的头发，可是又听人说，要改变，就要先从自己心爱的东西下手。于是，她立刻跑去楼下的理发店，把头发剪了。剪完之后，头轻了许多，人也更精神了。奇怪的是，当头发离开非儿的时候，她竟然一点儿难过的感觉都没有。

第二天，到了学校，非儿在自己的课桌里看见一张铅画纸。她拿起来一看：月光照耀的夜晚，蒲公英和萤火虫到处飞舞，画面中央，一个穿着白色T恤的女孩子伸着双臂，好像在飞翔。

她下意识地四下张望，没看见什么可疑的人。

这画是徐宾画的？

站在画中央的那个人是自己？

非儿觉得有些感动，她知道，一个为你拍照的人和一个为你画画的人，两者的付出是不一样的。

她将这张画小心翼翼地藏进了书包里。

同桌突然开口说："你不准备当面谢谢人家？"

非儿脸一红："你怎么知道……"

"是他让我放到你课桌里的，我怎么会不知道？"同桌凑近了些，问道，"哎，你们什么时候这么熟了？"

非儿摇摇头："才没有呢。"

她和徐宾熟吗？他们才认识了一天而已！但是，她昨天确实跟那个才认识一天的人单独出去了很久。

非儿收拾好书本，不再多想，准备上课。

然而，不知道为什么，今天的课她怎么也听不进去，四十分钟，再四十分钟，慢慢熬过去，几乎要忘记时间的概念了。

快要放学的时候，班主任找她去办公室。非儿对老师找她做事情已经习以为常，所以去的路上没有多想什么，但是，当她看见徐宾站在老师身边的时候，立刻就变了神色。

她的班主任，同时也是徐宾他们班的英语老师。她不知道徐宾想做什么。

非儿走过去："老师，您找我？"

班主任和颜悦色地笑笑："沈非儿啊，是这样的，刚才徐宾主动跟我说，他想找个成绩优秀、有课余时间帮助别人的同学来帮他补补课。我想了想，还是你最合适。"

非儿看了徐宾一眼，对方对她眨眨眼睛。

他要补课？鬼才相信！

但是，在老师面前，非儿根本不能拒绝。

她只好平静地说："知道了，老师，我会尽力帮他把英语成绩提高的。"

"也不单单是英语这一门。徐宾这次是有意要好好学习了，各门功课，你能帮助的就尽量多帮帮他。"

非儿点点头："我会的。"

回家的路上并不太平，她刚出校门就遇到了徐宾。

"顺路，一起走吧。"

非儿没有说话，兀自走在前面。

"剪头发了，以为这样就能忘记不开心的事情？傻不傻啊，头发还是会自己长出来的。"

非儿停下来，看着他："徐宾，我怎么觉得你话特别多呢？你有这些时间，倒不如去背几个英语单词！"

徐宾抿了抿嘴，做投降状："好，我不说话了。"

非儿问他："你是真的想补课吗？"

徐宾很诚实地摇了摇头。

非儿气道："我回家了，再见，别送！"

她说完一溜烟儿飞快地跑了，剩下徐宾站在原地目瞪口呆地看着。

接下来连着几个星期，徐宾都没有旷课或者迟到。老师们高兴之余，纷纷表扬起沈非儿同学的劳苦功高。

事实上，非儿抱着能躲则躲的态度，每天也就是帮他讲几道题目，连提醒他要好好学习的话都没说过。她以前一直以为徐宾的脾气不太好，比如他们第一次见面的时候，他就说自己"没长眼睛"。但时间一长，非儿发现，其实他并不难相处，只是偶尔会露出点儿让人不太喜欢的锋芒，更多的时候，他反而会顺着自己的脾气。

非儿渐渐知道，其实徐宾并不是一个一无是处的痞子。他喜欢画画，据说画得还很不错，尽管非儿大多情况下都看不懂他的画。

比如现在，面对着画纸上的一团黑色，非儿沉默了很久。她隐约看到一个猫爪似的形状，盯着它左看右看，使劲辨别，直到徐宾提醒她，画拿反了。

她抬头的时候眼睛一花，几乎看到雪白的墙壁上都是这个猫爪形状。

非儿很淡定地摇了摇头。

徐宾说："你猜猜看。"

"猫爪——我只能想到这一类的，像鸡爪、狗爪、鹰爪……"

"你真的只能想到这些吗？"他不知是惊讶还是生气。

非儿艰难地点了点头："那应该是什么啊？"

"向日葵。"

"啊！这也太'抽象'了吧！你能把向日葵画成这样？它起码也不该是黑色的吧？"非儿觉得这个人的脑子可能不太正常。

"这张画是我小时候画的，那时候家里人不让我学画画，觉得那是不务正业。我自己买不起颜料，所以所有的画都是黑色的，但我很喜欢。你看，其实这张画最有感觉。"

他久久地看着这张画，仿佛看着最心爱的恋人，目光也渐渐变得柔和起来。

中午的阳光斜斜地照进窗口，给徐宾和他的画披上了一层淡淡的金黄。他的脸在阳光中呈现出透明的颜色，带着些很薄很薄的白边。

收起刺人的锋芒，非儿觉得徐宾其实也挺可爱的，他长着一张带点儿稚气的娃娃脸，一点儿也不能与大街上打架的那群人联系在一起。

徐宾像是察觉到了非儿的眼神，突然转过头说："你为什么这么看着我？"那些锋芒又冒出来了，真是扎人。

非儿尴尬地笑了笑："我觉得你像我弟弟。"

"你还有个弟弟啊？"

"没有。"

"那你在耍我！沈非儿，有时候我真的想把你揍一顿！"

"干吗又这么凶！"非儿抱怨完，解释道，"要是我有个弟弟的话，我希望他就是你刚才那样的。"其实非儿是在想，佑安长大后，

畅 销 图 书

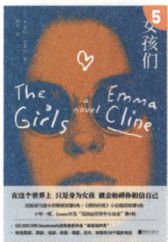  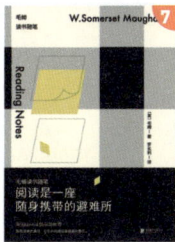 

1. 疼 · 小说

2. 愿你慢慢长大 · 家教

3. 改变你的服装，改变你的生活 · 生活

4. 心静的力量 · 励志

5. 女孩们 · 小说

6. 王阳明：一切心法 · 社科

7. 阅读是一座随身携带的避难所 · 文学

8. 无印良品管理笔记 · 经管

9. 极简的阅读（第一辑）· 文学

10. 和孩子共读系列（声律启蒙、笠翁对韵）· 童书经典

11. 纯真告别 · 小说

12. 我的前半生：全本 · 传记

读创

readion

· 阅 读 创 造 生 活 ·

1

是不是也像徐宾这样，长着一张带着稚气的脸，有时候看上去让人很想捏一把呢？

　　平静的几天过去之后，非儿在一个晚上做噩梦了。

　　也不能算是噩梦，她只是在梦里再次回到了刚来这座城市的那一天，那个夜晚。她还是那么小的孩子，躲在黑暗阴冷的角落里瑟瑟发抖，但是她潜意识里并不害怕，总觉得会有什么人来挽救她。

　　她等啊等，终于等到那个穿着风衣的男人一点点走近。她听到他沉稳的脚步声一点点靠近自己，一步，又一步……周围的寒意都随着他的走近而一点点消散，心中暌违已久的感觉又回来了。

　　然而，那个黑影只是在她身边停顿了几秒钟，又继续向前走去了。

　　非儿想喊住他，告诉他应该抱起她，但她没有力气。更凛冽的寒冷和刺骨的疼痛从身体的每一个地方袭来，反反复复，没有停止。

　　她将再一次跌入无尽的寒冷和黑暗里。

　　"不……不要！"非儿挣扎着从床上坐起来，满身汗水。

　　她半夜惊醒的时候总是会去看窗外，但自从搬到这里之后，在厚重的窗帘阻隔之下，她望不到外面。

　　分明是月明星稀的夜，她的房间里却一片漆黑。

　　非儿突然萌生出一个想法：她要出去，找一个月光明亮的地方，痛痛快快地吹吹风。

　　她起身换了件衣服，轻手轻脚地打开房门。

　　客厅里的格局非儿已经非常清楚，所以她不用担心会撞到什么东西，发出不必要的声音。

一点点接近大门，她以最快的速度换上鞋子，深吸了一口气之后，打开门出去了。

沿着无人的街道一路奔走，非儿心中感到害怕，但是她不能停下，有一种莫名的力量在催促她：快点儿跑啊，快点儿跑。

眼前出现了铁轨，隆隆的火车在她身边经过，熟悉的声音，七年前她和姐姐来时的声音。

一口气冲上那个小山坡，非儿累得再也走不动了，一下子跪倒在地上，大口地呼吸着。

良久，眼前出现一个人影。

非儿吓得差点儿大叫起来，抬头一看，却是徐宾。

"你大半夜的跑这里来做什么？"

非儿捂住胸口，一个劲儿地喘气。

徐宾在一旁等了很久："喂，说话啊！"

"没看到我心情不好吗？不要烦我！"她瞪了他一眼，在一旁的草地上坐下。

这话倒把徐宾吓了一跳，他走过去拍她的肩膀："今天中邪了吗？口气这么冲啊。"

非儿不再理他。

徐宾觉得很是自讨没趣，他回到原来写生的地方，拿起画笔，却无法静下心来认真画画。他不知道向来不喜欢和别人搭讪的自己怎么会主动和沈非儿说话，好像她身上有某种能吸引他的东西似的。

徐宾告诫自己不要再想了，还是专心画画吧。

非儿把头埋得很低，泪水很快就湿透了裤子，腿上一片冰冷。她忽然觉得徐宾说得很对，头发剪了，是会再长出来的。

那该怎么办呢？应该怎么办？

"忻叔叔，我怎样才能把你忘记？"

徐宾自顾自地画画，只留给非儿一个背影。

当非儿终于把泪水止住的时候，她抬起头看着天空，以小时候那种姿态，呆呆地一动也不动。风吹得眼睛有点儿疼，竟又掉下泪来。

"我没哭，我发誓我没哭！"她这么想的时候，更多的眼泪又掉下来了。她不知道从什么时候开始得了风沙眼，风一吹就掉泪。

这个时候徐宾已经画好了一张画，他看到非儿的背影很单薄很可怜，好像就要被风吹倒了似的。徐宾一动不动地等着风把她吹倒，但是没有，只有她的衣服在风中舞动，伴随着远处摇晃的蒿草。他想不明白，为什么一个女孩的背影可以这么好看？

又过了很久，徐宾终于忍不住走过去。

"你不回家吗？已经很晚了。"他戳戳非儿的肩膀，"像你这种女孩子，不是应该天一黑就不出门的吗？"

非儿甩开他的手："谁要你管了？你要回去的话就快走，别像苍蝇似的烦人！"

徐宾感觉怪怪的，除了外面那些狐朋狗友，从来没有哪个女生敢这么和他说话的，更何况是像沈非儿这种全校有名的乖学生，像这样的学生，平时见到他应该躲还来不及呢。如果是别的什么人这样对他说话，一定已经被他打得鼻青脸肿了，他对谁都不会手软的，女生也不例外。但这次……他这样看着沈非儿，忽然觉得很开心。

他点燃一支烟。

非儿突然问他："你很喜欢抽烟吗？"

"不喜欢。"

"那就是装样子？"非儿觉得他和所有小混混儿一样，很可笑。

徐宾解释道："烟真的可以缓解压抑的心情，就像有的人选择喝咖啡来调节自己的情绪一样，而我讨厌咖啡，所以就用烟。"

非儿想了一会儿，忽然伸出手，眼神有点儿模糊。

"你要干什么？"徐宾莫名地看着她。

非儿说："给我一支烟。"

"我没听错吧？"徐宾露出更加怀疑的目光。

"没有。"非儿不明白这个男生有时候怎么这么婆婆妈妈的。

徐宾很大义凛然地递了一根烟给她。

十秒、二十秒……非儿点不着。徐宾看着她点烟的样子暗自发笑。非儿干脆把烟和打火机放在一边，拿过徐宾手里的烟放进自己嘴里，猛地一吸。

徐宾还来不及惊讶，就听到了猛烈的咳嗽声。

他拍着非儿的背说："哪有你这样的！不会抽烟还吸这么大一口，不呛才怪。"他从非儿手里拿过烟，摁在地上熄灭了。

非儿愣了愣，突然趴在他肩上大哭了起来。

徐宾手足无措，这还是第一次有女孩子抱着他哭，还哭得那么伤心，让他不忍心把她推开。

"女生就是麻烦。"他嘀咕了句，说完又觉得语气太硬了，人家小女孩听着也许就哭得更厉害了，于是又说，"你这样做也不是什么好办法，要想借酒浇愁的话，我现在可以带你去。"

非儿想了想，点头。

她哭累了，走不动了。徐宾背着她去朋友老鼠开的酒吧，见她的鞋带松了，又弯下身去帮她系好。

非儿越过他的肩膀又见到了蒲公英，毛茸茸的，开满了整个山坡。恍惚中一切又变得不切实际起来，她不知道是不是自己看错了。

老鼠酒吧离他们的学校不远，很多不想学习的学生经常会跑去那里消磨时间。

一开门就闻到浓重的酒精和汗水混在一起的味道，非儿有点儿恶心，但一会儿就适应了。

徐宾向坐在最里面的几个人打了招呼。

"怎么现在才来？"是一个粗声粗气的女中音。

"是啊，允一都喝醉了。"这是一个男生。

"哟，还背着个人哪！从来只见女生屁颠屁颠地跟在你后头，今天怎么着，想当回采花大盗了？"

徐宾把非儿放到靠里的沙发上。"我同学，沈非儿。"他又向非儿一个个介绍，"老鼠、罗耀、许静，这是张允一。"

非儿听着老鼠的名字觉得奇怪："为什么叫他老鼠？"

"绰号，人如其名啊，你看看他的长相！"说话的是许静，就是刚才最先开口的女中音。

非儿看了看老鼠的长相，差点儿笑出来。

她问徐宾："那你叫什么？"

"我叫徐宾啊，你又不是不知道。"

"绰号啦。"

"他是娃娃。"说话的正是徐宾最好的朋友罗耀，他指着徐宾的脸说，"你看看这张脸多好看，专门用来骗小姑娘的。丫头，你当心着点儿。"

非儿觉得很好笑，但仔细一想，徐宾确实是有一张娃娃脸，笑起来还有两个小酒窝，特可爱。这个坏学生认真起来的样子还是很好看的，怎么以前没有发觉呢？她忍不住多看了徐宾几眼。

徐宾一脸得意的样子："看什么啊，又不是没见过，承认我长得帅吧？"

非儿忙转过头："真是臭美。"

"那也要真的美才有这资格啊。"

"你是在说你长得很美吗？语文老师没有教过你用这个词形容男生是很不合适的吗？"

徐宾傻笑了两声，然后就只顾着喝酒了。

这天他们喝了好多酒。非儿一个劲儿地狂灌，困了，睡一觉，醒来再喝。周围嘈杂的音乐时刻刺激着非儿的耳膜。因为是第一次来这种地方，第一次喝这么多酒，她感到特别不适应，好几次几乎想吐，最终还是香香地睡着了。

模模糊糊中，徐宾凑近了看着她，一张秀气的脸近在咫尺。他们对视了几秒后，非儿感觉到一个蜻蜓点水似的吻落在了她的唇上。

她想要仔细辨别这是真的还是假的，但是身体早就先于思维昏睡过去了。一股接一股的酒味冲进她的鼻子，胃里火烧似的一阵阵难受，最后她什么也感觉不到了。

非儿突然喜欢上了这个地方，她觉得这里虽然嘈杂，但是安全。那么多人混在一起，其实谁也听不见谁在说什么，混乱的声音最后只成为一个可有可无的背景音。而她自己，没有人打扰，也没有人注意，可以为所欲为。

第二天，他们都清醒过来后，已经十点多了。

非儿不想去学校，这是她自上学以来第一次逃学。她在大街上漫无目的地走着，徐宾跟在她身后，一步不离。

"徐宾。"

"嗯？"

"你昨天是不是……"非儿说不出口，万一自己记错了怎么办？人家会怎么看哪？

徐宾明白她要问什么，很干脆地回答："没错，我就是吻你了。"

非儿反而不知所措了。

他似乎是早就想好了，漫不经心地说："你要是觉得自己亏了，我现在就还给你。"

非儿又好气又好笑："这怎么还啊？！"

徐宾把脸凑过去，笑嘻嘻的："你自己选块地方。"

非儿把他的头推开："混蛋！"

"嘿，我怎么混蛋了？都让你亲回来了还不好？"

非儿想都没想就脱口而出："你就是混蛋！流氓！痞子！小混

混儿！"这是很随意的回答，在这之前，她对这样的学生都是敬而远之的。

两秒钟后，非儿意识到自己不该这么说。

徐宾的脸色一下子僵硬了。

非儿马上补充道："我觉得，其实，你还是个好人。"

她有点儿不安，之前真的不知道刚才那么说话是会让徐宾不开心的。照理说，在那种"坏孩子"面前，说这样的话是不会对他有什么影响的，但是非儿从他的脸色可以看出来，自己真的说错话了。

徐宾反常的脸色渐渐平静下来，他对非儿说："那么现在，一个好人问你为什么事而这么难过，你会回答他吗？"

看到他一脸认真的表情，非儿也不得不认真起来了。

非儿看着他的眼睛，做出一副视死如归的表情："好，我告诉你。九岁那年，我遇到一个人，他让我感受到了温暖，给了我变得更好的动力。但自那以后，我就跟他失去了联系。好不容易现在有了他的消息，他却不肯见我了。我不明白自己什么地方做错了。"

"就这样？"

"就这样！"

"真想不通你们女孩子。呃，要不这样，你看能不能换一个人，比如说一个在你眼中是流氓、痞子，但在你心中还是个好人的人。"习惯了这样和人开玩笑，这一次徐宾却感觉怪怪的，好像自己对这个问题也在认真考虑中。

他得到的是非儿十分认真地回答："我做不到。"

这样一来，徐宾更是觉得麻烦了，原本就是半开玩笑的话，没想到这丫头当真了，还让他这么没面子。

徐宾挠了挠头："呀，我跟你开玩笑的呢，瞧你，还当真了。"不知为什么竟感到有点儿失望。

"你不用这样掩饰，要不是真的喜欢我，又怎么会吻我。"非儿神色平静，看不出任何波澜。

徐宾很无奈地看着她："哈哈，你怎么自我感觉这么良好啊？"

但是非儿很快就绕开了话题："徐宾，昨天你有些东西忘在那山坡上了。"

"好。"他失望地点了点头，"我去拿。"

徐宾以为非儿会就此走开，但她一直默默地跟在他身后。他好几次故意慢下脚步，甚至去一家店买了包烟，但非儿还是跟了上来。

他终于转过头看着她："你还想干什么？"

非儿吞吞吐吐地回答："我这么走了……好像……不太好。我觉得，我们做朋友的话，还是可以的。"

徐宾笑道："一句话嘛！以后你就是我兄弟，有什么事儿我都会罩着你的！"

非儿有点儿无语，只好再次转移话题："不带我去看看你画的画吗？记得去年你在学校开过画展，但你的画太抽象，我看不懂，给我解释一下吧。"

徐宾向来讨厌别人对他的画评头论足，那次画展还是平日里对他最好的美术老师和他商量许久才达成的协议。

可他看着她的笑容，根本没想过拒绝。

他想："真是奇怪了，我什么时候欠了她似的。"

"好吧，我带你去看我的画。可是，你一定要像个影子一样跟着我吗？我是说，你可以和我并排走的。"

非儿像只兔子似的跨着小步子走过去。两个人安静地走着，低头踩自己的影子，不说一句话。

第六章

画展

　　高一的下半学期，非儿经常和徐宾那伙人混在一起。同学们看她的目光也与往常不同了，私底下纷纷谣传。非儿对这些全不在乎，一有空就跑去老鼠酒吧，她知道徐宾会在那里。他们聊天、喝酒、唱歌、打牌，但非儿从来没见过他们打架。非儿会和他们说好多好多的话，似乎把前几年沉默的空缺都补了上去，似乎从前所有的话加在一起也没有这半个学期说的多。曾经她在所有人眼中都是极安静的孩子，但这并不是她的天性，她只是不想和不相干的人说话。

　　儿时的生活给她带来了太多的痛苦，那些冰冷的话语和犀利的目光，像是一张巨大的黑网，压得她透不过气来。时间一长，她便麻木了，习惯了对一切事物都无所谓，习惯了长时间站在风中任其叫嚣，习惯了冷眼旁观。

　　本以为生活会一直如此冰冷下去，但她遇到了这样一伙人，他们放肆又勇敢，他们偏执却真性情。他们又像一面镜子，非儿通过他们看到了自己的本来面目，她感到体内有一股强大的力量要爆发出来了，它沉睡了多年，此刻终于苏醒。非儿感到她是那么渴望诉说，渴望奔跑。她不是个安静的孩子，从来就不是，她和沈露一样，都是一团火。

这段时间又过得飞快。

期末考试结束之后，非儿和佑安约好在火车站见面。

非儿很早就到了，她按捺不住内心的狂喜，想到第一次见到佑安时的情景。他像个温文尔雅的绅士，又像个快乐无忧的天使；他细心地给她拿衣服，说穿上后就不会冷；他教她玩他所有的电动玩具，不停地夸奖她聪明。而现在，他变成什么样了呢？一个十五岁的男孩子，应该还是稚气未脱吧。

时间像是在爬行一样，过得非常慢，非儿踮起脚，目光穿过起伏的人群，遥望着自己走过来的路。她突然感到有点儿沮丧，为什么每次都是自己等别人呢？不过这个想法只是一刹那。

在火车开动时，非儿看见远处走来一个男孩子，穿着一套天蓝色的运动服，头发很干净地被风吹起，她料定那便是佑安。她向他挥手，大声叫他的名字。但火车发动的声音太响，她自己都听不到自己的声音。

过了一会儿，火车开走了，佑安终于看见非儿在向他拼命地挥手。他似乎比小时候更加腼腆，低着头叫了一声"非儿姐"，之后便没有声音了。

非儿拍拍他的肩膀："都长这么高了呀。"她几乎忘记了，佑安只不过比她小一岁。

这一年的暑假，非儿过得十分快乐，她经常和佑安一起出去玩，帮他复习功课，为他庆祝中考成功，和他在铁轨附近的山坡上看星星。但是他们绝口不提忻宇忱，这份默契持续了很久很久，非儿满心焦虑，却也从不过问。

高二开学那天，非儿帮着佑安搬东西。他们的教室离得并不远，但是，几个来回下来，非儿已经满身是汗。

路过隔壁班级的时候，徐宾突然走出来一把拉住她。非儿见他脸色有些难看，不解地问道："你怎么了？"

"你好像很忙？那个高一的男生和你是什么关系？"

非儿拿开他的手："我有必要向你解释吗？"

徐宾略一顿："我觉得你最好还是解释一下。"

非儿拗不过他："好吧，那是我弟弟。"

"你真的有个弟弟？"

"对啊，从小就有的，不是亲姐弟却胜似亲姐弟，满意了吗？"

徐宾笑了笑："你弟弟那边忙完没？"

"差不多了。"

"那就过来帮我忙。"徐宾说完，拉着非儿往楼上跑去。

正当非儿诧异他要带自己去哪里的时候，徐宾在一个教室前停了下来，拿出钥匙把门打开："放假前老师说过，如果我能考班级前十名，她就把这间画室的钥匙给我。"

非儿往里看了看，废弃已久的教室满是灰尘。她有些心惊："你让我上来打扫这里？"

徐宾很不客气地说是。

忙碌了一个上午，两人终于擦去了画桌上厚重的灰尘，扫干净了地面上被胡乱扔下的杂物。搬完了几十箱纸，非儿和徐宾都累到快要趴下了，但是看着对方的狼狈样儿，他们还是开心地笑了。

在这之后，徐宾不在教室的时间更长了，他总是喜欢一个人躲在画室里画画，一画就是一整天。非儿也经常会到这里小坐一会儿，只为着找一份宁静，因为这里只有笔与纸摩擦的声音。他们也不交谈，光线暗的时候非儿一来就会拉开窗帘，让外面的阳光照进来，这时候徐宾会抬头对她笑一笑，但是很快又低下头继续画画。

非儿就搬一张椅子坐在窗前看风景，这里是教学楼的顶楼，这扇窗能看见外面马路上车水马龙的景象。

非儿偶尔也会给徐宾捣捣乱："喂，你画的这是什么东西啊？一团团的都是色块。"

徐宾嘴角牵起一个笑容，手上却没有停下："和没有艺术涵养的人是解释不通的，你一边玩去。"

非儿气呼呼地走到一边坐下。她回想了一下，徐宾所有的画中，她唯一喜欢的就是送给自己的那一幅，其他的她都看不懂。

"哎，你就不能画点儿我看得懂的画吗？比如你上次送我的那张。"

徐宾抬起头问她："你喜欢那张？"

"是啊。"

"那只是一个尝试，我平时不画漫画的。"

"为什么？"

徐宾随口说："漫画对我而言，只能用来哄女孩子。"

非儿觉得她被徐宾瞧不起了。

时间有的时候像蚂蚁背着米粒慢慢爬过，有的时候又像坐着过山车呼啸而过。这天，非儿摸着穿在细绳上的镯子，觉得等下次见到佑安，应该是时候让他把镯子还给忻叔叔了。

双休日的时候，佑安正好来找她。下楼时非儿的心情还是比较愉快的，到了楼梯口，转弯，眼前的情形却让她有逃跑的冲动。

楼下往左看五米，佑安正神色厌恶地瞅着某个人，心想："他怎么会在这里出现？这个人不是更适合在大街上扔酒瓶子吗？"

往右看十米，徐宾悠闲地倚在一棵树上抽烟，其间转过头瞪了一眼佑安，腹诽道："看什么看！臭小子，这么矮的个子还敢在我面前装气质。"

非儿站在原地不知道该往哪边走，左右为难之下，恨不得以手掩面。

佑安首先看到了她："非儿姐，我在这儿！"他说着向非儿走去，见她头发上沾着小树叶，又伸手把它拂了去。

不远处的徐宾斜眼看着他们，眼中又是惊，又是怒。他一抬手，手中的烟被狠狠地按在树上。

非儿知道徐宾生气了，她和佑安之间只是平常的姐弟关系，但是他误会了。

佑安看到非儿脸色怪异，问道："怎么了？不舒服吗？"

非儿想说"不是"，话到嘴边却变成了："是……是有一点儿。"她虽然是在跟佑安说话，眼睛却看着徐宾，心中担心他会不会就这样走了。

佑安说："那你好好儿休息，我明天再来。"他说着便要转身。

"佑安，你等一下！"非儿取下挂在脖子上的镯子递给佑安，低声道，"这个……帮我还给他。"

佑安看了看那只镯子，不得已接过："你心里不舒服对不对？因为叔叔不愿意见你？"

"佑安，你回去吧，我还有事。"

"非儿姐，我想过了，叔叔只是嘴上说不想见你，其实内心一定是想念你的，他只是因为一些事情而不太开心。这样好不好？我们不告诉他，我带你偷偷去看他。"佑安说着，拉起非儿的手就走。当他要向左转的时候，非儿站住脚。

"佑安，我想我已经明白了，有的事情过去了就只能成为过去，不管我怎么坚持都无济于事。"

佑安有点儿难过："非儿姐，你说的话我听不懂。"他总是不能理解叔叔的话，现在连非儿姐的话也听不懂了。他希望自己可以长得快一点儿，也许再长大一点儿，他就能理解他们了吧。

他突然凑到非儿的耳边说："不要走近右边那个男孩，我见过他和人打架。"

非儿用余光看到徐宾的手握成了拳头，她的心几乎也被揪了起来，似乎这拳头随时可能落在佑安的头上。

好在佑安很快又站直身体，说道："既然你不想见叔叔，那我也不勉强。非儿姐，不要难过了，我相信一切都会好起来的。我走了，再见。"

"好，再见。"非儿看着佑安转身，只希望他快点儿走出徐宾的视线，越快越好。

等佑安走远了，非儿才战战兢兢地看向徐宾。然而，他已经转过身，正在朝离开的方向走去。

非儿叹了一口气，妥协似的追上去，拦在他的前面。

徐宾扭过头不看她："有事？"

"不是你找我吗？"

徐宾笑："正巧路过，不可以吗？"

非儿忍住脾气，说道："你这都要生气？你没听到他叫我姐姐？我说过了，他只是我的弟弟。"她长话短说，把自己和佑安的关系理了一遍。

徐宾的拳头松了，但嘴上还是不饶人："那也应该保持距离吧？"

非儿双手抱在胸前，歪着头问："这和你有什么关系？"

"你……我就是觉得那小子碍眼！"徐宾说着，霸道地牵起非儿的手，"以后别让我看见你离他太近，这事就这么决定了。"

他走了几步，又突然停下来，定定地看着非儿。

非儿愣愣道："你干吗？"

徐宾很认真地看着她："沈非儿，我喜欢你，这是真的。"

非儿很想挣开徐宾的手，但尝试几次都失败了之后，也只好放弃了。她从来没有被男生牵着手走过那么长的路，感觉怪怪的，回过神来的时候已经到了老鼠酒吧的门口。

进了大门，非儿才得知今天是徐宾生日，老鼠他们这一天停止营业，为徐宾办起了画展。

炫目的灯光不见了，喧闹的音乐不见了，鼎沸的人声也不见了。墙上和桌子上，到处都是徐宾的画，到处飘着淡淡的清香。流淌着的音乐缓慢优雅，阳光从门外洒进来，美得出奇。非儿第一次觉得，原来老鼠酒吧的格局这么好。

非儿的目光扫过一张张画，还是一张也看不懂。但是她知道这些画倾注了徐宾的无数心血，是他的得意之作。

徐宾低下头对着她微笑："觉得怎么样？"

"是你的生日，倒问我怎么样。"她突然窘迫起来，"糟了！我来不及买礼物，你怎么不早点儿告诉我啊？"

徐宾大方地笑笑："没关系，你来我就非常开心了。"

非儿在心里说："我分明是被你硬拖过来的。"

罗耀的声音从门口传来："哈哈！大老远就看到你们卿卿我我的。"

"西装领带，你疯了啊！"许静瞪大了眼睛看着他，"用得着这么夸张吗？"

罗耀说："我可是这次画展的主要负责人，当然要正式一点儿。"他说着往里面走去，口里喊着热，又向吧台的张允一说："空调打低点儿，快。"

张允一立马把空调打低了。

徐宾说："你怎么也不考虑考虑别人啊，要是着凉了怎么办？"

许静冲着非儿挤眉弄眼，故意压低嗓门儿说："什么别人，哪个别人要着凉了呀？"

非儿红着脸低下头。

张允一从吧台后面出来："你们今天就不要吵吵嚷嚷的了。老鼠怎么还没到？"

许静嬉笑着说："八成跑哪儿偷米去了。"

"许静！"罗耀说道，"不和你开玩笑。平时总是最后一个到的娃娃都来了，老鼠会不会出什么事了？"

之后再也没有人说话。的确，老鼠以前从不会迟到这么久。罗耀这么一说，所有人都紧张起来。

酒吧的室温越来越低。

"有人来参观了！"非儿从椅子上跳起来，"别多想了，老鼠可能想给徐宾什么惊喜。"

刘佳雨听说东泽中学的徐宾要办画展，久闻其名，一大早就乘车过来，想要见识一下这个名声并不很好的人能画出什么样的画来。她在大门口站了好久，打量着那四个歪歪扭扭的大字：老鼠酒吧。好奇怪的名字。

这时，一个瘦小的女孩子来开门："欢迎参观徐宾的画展，你可是今天第一个来的！"

刘佳雨看着沈非儿，眼里掠过一丝难以捉摸的情绪——这个女孩子和徐宾是什么关系？但只是一瞬间，并没有引起注意。她看到女孩笑的时候露出两颗可爱的虎牙。

刘佳雨是美术学校出色的学生，而徐宾是普通中学不被看好的学生，但当刘佳雨看到这些画的时候，还是自叹不如。即使是把她最得意的作品放在这里，相比之下也略显粗糙。这让她有点儿难以置信，这些作品真是出自一个学生之手？

参观的人渐渐多了起来，多数是在校学生，也有几位年纪稍大的，含蓄或者毫无保留，说的多是赞扬的话。

徐宾坐在吧台前喝水，任何一句赞美的话都没有进入他的耳朵，他在担心一件更重要的事：老鼠的安危。画展开始近两个小时了，即使老鼠有事耽搁了，也不会这么久，而他的手机一直处于无人接听的状态。

他有一种不祥的预感：老鼠出事了。

刘佳雨在徐宾身边站了很久，徐宾始终都像是没有看见她一样。她实在等不下去了，终于说："你好，我叫刘佳雨，希望能和你交个朋友。"

徐宾似乎没听见，看着酒杯发呆。

刘佳雨感到很尴尬，甚至是羞辱，从来没有人这么不把她当回事。但她不能发作，因为他的帅气、他的才华，都足以成为他高傲的资本。

非儿恰巧走过，伸出手指点了点他的肩膀："徐宾，她在叫你。"

徐宾的目光依然停留在手中的杯子上："我知道。"

刘佳雨问："请问，你的画卖不卖？"

"不卖。"没有任何商量的余地，他冷冷地拒绝。

"对不起，打扰了。"刘佳雨从来没有见过这么傲慢的人，心中很是气愤。

可是，就这么走了吗？她太喜欢他的画了。

非儿在一旁也有点儿生气："她早早地第一个赶来看画，你就送她一张有什么不可以！"

徐宾不耐烦地说："那你让她自己选吧。"

刘佳雨正要推门出去，听到身后有人叫她。她转过头，正是那个给她开门的女孩子。

"徐宾说，你可以随意选，选中哪张他就送给你。"

"真的？"刘佳雨有点儿不敢相信，看起来那么傲慢的人，竟然会轻易答应送画给她。

非儿很肯定地告诉她："是啊，刚才的事我代他向你道歉。谢谢你喜欢他的画。"

"不客气。"

刘佳雨再次走了进去。

最后，她选中了那张看似猫爪的向日葵。

非儿刚包好画交给刘佳雨，就看见徐宾打着手势让她过去。

"你一定要问我她选了哪张画，你可找到知音了呢，她选的是——"看到徐宾凝重的神色，她的话语停在了半空中。

这是她第一次看到徐宾的脸色这么难看。

非儿担心地问："出什么事了？"

徐宾来不及解释："告诉他们，画展现在取消。"

"为什么？"非儿不明白，明明没有什么问题啊。

"先不解释，马上。"

非儿照他的话去通知罗耀他们。

三分钟后，前来参观的人全部离开了，画展提前结束。

当非儿和大家再次来到徐宾面前的时候，他解释道："我接到电话，老鼠出事了，又是耗子那帮人。"

许静冲到吧台边："我给老大打电话。"

"不用了。"徐宾叫住她，"我已经打过了，他今天有大买卖要做，让我们尽量和解。"

长久的沉默。

非儿的手上冒出了鸡皮疙瘩，不知道是因为寒冷还是害怕。徐宾叫她回去，她不肯。不知不觉中，她已经把自己当作这些人的一员了，喝酒、打牌在一起，遇到麻烦当然没有独自跑掉的理由。

她的执拗让徐宾十分恼火，他抓起一瓶酒就往地上砸。

许静吼道："你够了没有？耗子还没来呢，就自乱阵脚，你力气再大，也别用来吓唬自己人！"她把非儿拉到吧台后面，并让她蹲下："你就在这儿躲着。无论你听到什么声音，只要我们没叫你，你就千万别出来。"

非儿点了点头，低下头，觉得自己很没用，不但帮不上什么忙，反过来还要人保护。

她听到了大块玻璃被打碎的声音。

"你把老鼠怎么了？！"这是徐宾在说话。

然后是一个陌生的声音，竟是个女孩子："我早就说过，我叫耗子就不准他叫老鼠，只要他改个绰号，叫小猫小狗什么的我就放过他。至于你，我忍你很久了。拽是不是啊，跪下来叫我一声耗子姐，否则我现在就把这儿砸了。"

徐宾走过去，甩手就抢了她一拳头。

谁也没有料到他就这么动手了，耗子反应过来时已经太迟了，她的脸上留下了一块红色的印子。

她身后的十几个人一起冲向徐宾，把他压倒在地。

罗耀暗叫不好，徐宾真是太莽撞了！但眼前的形势已经容不得他多想，他拿起一把椅子打在一个人身上。许静和张允一也一起来帮忙。

整个酒吧乱成一片。

非儿跌坐在地上，抱着膝盖，控制不住地害怕起来。他们才四个人，怎么打得过那么多人呢？！每一次桌椅酒瓶裂开的声音都像是打在她的朋友们身上而发出来的。非儿听到不时传来的惨叫声，听不清是谁的，也无从知晓是哪一方发出的，但这些都让她焦虑万分。她的上牙无意识地紧紧咬住下唇，把下唇都咬破了。非儿闻到血腥味，还以为是有人被打成了重伤，留血了。她闭上眼睛，仿佛看到徐宾血淋淋地站在面前……这画面太可怕了，非儿在心里尖叫："不要打了，不要再打了！徐宾……"

巨大的响声从非儿上方传来，然后无数碎玻璃从上面落下来，有几片落在非儿身上。她拿起来一看，竟然是带着血的！非儿情急之下一用力，碎片嵌进她的掌心，更多的鲜血流淌出来，原本乱成一团的心剧烈地疼起来。

徐宾原本是想听老大的话，和耗子和解，毕竟没什么深仇大恨，可以避免大打出手。但耗子实在太狂妄了，那嚣张的气焰远远超过了他所能承受的范围。

但此刻他后悔了，对方十多个人，个个手里拿着铁棒，他们没有一点儿胜算。他为自己的冲动而懊恼，这么做救不了老鼠，反而害了更多的人。眼见一根铁棒横着挥了过来，他赶紧侧身躲过，与此同时，后脑勺被打中了。他一阵眩晕，脚步踉跄着摔到地上。

恐惧涌上心头：他们该怎么办？

这时候，门口突然传来一个女孩子的大叫："警察来了！警察来了！……"

耗子一手捂着脸，最后愤愤地踢了躺在地上的徐宾一脚，虽然心有不甘，但还是带着一帮人匆忙离去了。

非儿一点点地向外挪去，看到徐宾后脑勺流着血，倒在地上。她急得脸色煞白："徐宾、徐宾，你醒醒！"

第七章

开始遗忘

医院病房。

非儿、老鼠、罗耀、许静和张允一坐在徐宾的床边，刘佳雨站在门口，细细地注视着熟睡中的徐宾。

徐宾迟迟没有醒过来的迹象，非儿说："你们先回去吧，我留下来照顾他。酒吧那边也需要打理一下。"

老鼠叹了一口气，几个人一起出去了。

见刘佳雨站在门口，非儿说："佳雨，这次真的非常感谢你，不然的话，我们真的不知道会怎么样呢。"

"不用谢我，不管是谁遇到这种事情都会帮忙的，我只是在门口喊了几声，没想到他们真的吓跑了。当时只担心万一他们不肯走的话，真叫警察也来不及了。对了，我下午还有课，得走了，明天来看他。"

"嗯，再见。"非儿看着她的背影，由衷地感激。

整个下午，非儿就在病床旁看着徐宾。他的头上包着纱布，脸色略显苍白，长长的睫毛覆盖着眼睛，非儿觉得他睡觉的样子特别好看。

傍晚下了场雷阵雨，雨停之后，空气特别清新。

徐宾的睫毛跳动了几下，然后眼睛睁开一条缝，光线不亮，他慢慢睁大眼睛，看到非儿背对着他站在窗口。那个瘦小的身体像一片羽毛，风一吹就会飘起来，他突然很想抱抱她。

他想叫她，但动了动嘴唇，还是没有发出声音。

房间里静极了，只有墙上的挂钟发出声音。它老了，走不动了，秒针像小蝌蚪的尾巴似的摇动着，已经无法显示准确的时间，但那清脆又带着些沙哑的声音还是游走于这个病房。真是一个尽责的钟啊，徐宾愣愣地看着秒针颤抖着走过数字6。

非儿突如其来的一声叹息，把徐宾的思想拉了回来。

非儿转过身，看到那双漂亮的眸子正看着自己。

"你醒了啊！"她走到床边坐下，伸出手摸了摸他的额头，随即微笑起来，"烧已经退了。饿了吧，我去削个苹果。"

徐宾抓紧非儿的手："别走，就坐在这里。"他用另一只手支撑着想坐起来，非儿忙去扶他。

"其他人怎么样了？"

"刘佳雨——就是向你要画的女孩——假装报警，耗子他们以为警察来了就跑了。其他人都只受了点儿轻伤，已经回酒吧打理去了。老鼠也没事，我们出去时他正在门口，手脚被绑住了，也只是些皮外伤。倒是你，头上流了好多血。"

非儿把靠枕放好，让徐宾可以坐得舒服点儿。

"你坐过来。"

"啊？"

"我说，你坐过来点儿。"

她向前移了移。

徐宾按住她的手："你嘴上怎么了？"

"我……我不小心咬破了。"她紧张得有点儿语无伦次。

"你担心我？"

非儿沉默着，觉得脸上突然很烫。

徐宾把身体靠向非儿，手稍一用力，非儿的头就撞在他肩膀上。

他侧过头吻她。

非儿吓得把他推开，霍地站起身。

徐宾的头撞在床后的墙上，他苦笑着："你谋杀啊！"

"我还是给你削个苹果吧。"可她还来不及转身，就看到徐宾重重地摔在床上，他的头撞到的墙上还留有鲜红的血迹。

非儿顿觉脑子里有根弦绷得越来越紧。

她急忙冲到病房外大叫医生。

医生皱着眉说伤口裂开了，要进行一次修补。非儿咬着唇，万分自责。

医生处理好伤口离开后，徐宾的脸色更苍白了，一动不动地躺在床上。非儿内疚地守在他身边，握着他的手，一步也不敢离开。

徐宾像是一团火，即使是在这种情况下，他手上的温度还是很高。非儿担心他又发烧，急着找医生，但检查下来体温是正常的。

两个人的手紧紧地握在一起，非儿想走都走不开，无奈之下只能就这么安安静静地陪着他，几乎整个晚上都没有合眼。

今晚的月光特别明亮，斜斜地穿过窗户，在病房里铺成一块银色的田野。非儿看着徐宾的脸，忍不住伸出手去抚摸。

这个桀骜不驯的男孩子，认识非儿以前不曾爱过谁，也不曾为谁流泪；唯一钟爱的是绘画，那些曲折迷离的线条似乎是宿命的缠绕，没有人说得清它们的存在，但只要拿起笔，就可以把它们画在纸上。在见到非儿之后，他的心似乎由石头变了回来，看到非儿的背影，他莫名其妙地感到熟悉；她伤心难过，他会忍不住走近她；她和别的男生一走近，他的心中就像火烧一样；她一次次惹他生气，可每次他都不会讨厌她……

第二天，刘佳雨很早就过来看望徐宾，她看到非儿红肿的眼睛时吓了一跳。

"怎么，你一夜没睡吗？"

"嗯。"

"他还没醒？"

"嗯。"

"你回去休息吧，我来照顾他。"

"嗯。"

非儿傻愣在那儿不动。

刘佳雨提高了分贝："沈非儿！"

非儿的眼睛清晰起来："什么？"

刘佳雨有点儿生气："我和你说话呢，你听见了吗？"

"对不起，我太困了，你刚才说什么？"

"我认为你该去休息一会儿，你的脸色很难看。"刘佳雨指了指徐宾，"比他还难看。"

非儿摇摇头："我没关系。"她害怕徐宾醒来时见不到她会不开心。

"非儿，你……"刘佳雨有些无可奈何又有些生气地看着她。

非儿坚持："我还是想看着徐宾。"

刘佳雨看她迷迷糊糊的，连哄带骗地把她拖出病房："好好儿休息，这里交给我没问题的。"

非儿在走廊里游荡了好一会儿，头涨得要裂开来似的。她找了个座位坐下，又想起徐宾还在病房里昏睡着。

如果他又出现什么状况怎么办？

如果他醒来看不见她会不会生气？

如果他饿了，有没有人喂他吃饭？

如果……

一长串的问号在非儿的脑子里叫嚣，她又向徐宾的病房跑去。

刘佳雨坐在床前，右手托着腮，歪过头看着徐宾，脸上露出满意的神色。她终于可以单独和徐宾在一起了，尽管此刻他不省人事。

徐宾的手指突然抽动了一下，刘佳雨一惊，随即轻轻地握住他的手："你醒了吗？"

徐宾依然闭着双眼，佳雨便肆无忌惮地拿起他的手仔细观察。很大的手，手背上的青筋清晰地分布着，有几处还高高凸起，手指细长，没有过长的指甲。佳雨叹了一口气，很平常的手，却能画出那么漂亮的画。

就在这时，房门被推开了，佳雨吓得慌忙松手，起身向后退了好几步。徐宾的手摔在床上，他醒了，听到了非儿没睡醒似的带些懒散的声音。

"佳雨，你怎么了？"

"没有没有，我想起来昨天的作业还没写好，先回去了。"佳雨红着脸冲出门去。

非儿打了个哈欠，坐到徐宾的床沿，闷声道："对不起啊徐宾，害得你伤得更严重了。不过，也不能都怪我，是你自己先不好嘛。看我现在多好，还是回来照顾你了。"

徐宾立刻闭紧眼睛。

看着眼前这张轮廓分明却略显苍白的脸，非儿突然心中一动，鬼使神差地低下头在他的额头上亲了一下。

或许是熬了一夜的关系，她的嘴唇很干。徐宾很想继续装睡，但还是忍不住笑出声来了。

啊！原来他已经醒了！非儿大窘，没等他睁开眼，就一溜烟儿地跑出去了。她觉得自己像个贼似的，偷了东西还没放进口袋就被抓了个正着。

徐宾在后面喊她，她只当作没听见。

睡意减轻了，但她的脑子里还是嗡嗡地响成一片。

在外面转了一圈后，非儿还是回到了病房里。

她问徐宾："绿豆汤喝不喝？"

徐宾说："你做的我就喝。"

非儿把盛得满满的一碗绿豆汤递给徐宾："我做的东西一般吃不得，这个是医院食堂的。"

徐宾跟她耍赖："我已经饿得没力气了，你喂我。"

非儿二话没说，舀起一勺就送到他的嘴边。

徐宾很艰难地张开口。

绿豆汤是他最讨厌吃的东西，此刻张口不是因为这是非儿喂给他吃的，而是因为他实在饿得不行了。可是，只吃了几口，他就皱着眉说不吃了，让非儿给他削个苹果。

非儿像个仆人似的供他使唤，出于自责，她并无任何抱怨。

徐宾的病情很快好转，毕竟打架打惯了，受伤已是家常便饭。第二晚，非儿没有继续陪着他。

她到家的时候已经是深夜了，于是轻手轻脚地上楼。打开门，一只狗跑到她的脚边。

"嘘，糯米乖，去睡觉，别吵着姐姐、姐夫。"

"啪"的一声，客厅被照亮了。非儿看到沈露坐在沙发上一动不动，吓得差点儿叫起来。再一看，沈露的眼圈是红的，眼睛里也布满血丝，憔悴得令人心疼。

"糯米这两天和我一样，失眠。"沈露的声音很沉闷，她转过头看着坐在地上的小狗，"是吗，糯米？"

糯米摇着尾巴，黑珍珠似的眼睛盯着女主人。

非儿低着头解释道："我的一个朋友生病住院了，我在照顾他。"

"那也用不着一天一夜不回家啊！连个电话都不打，知道我有多担心你吗？！"沈露提高声音，"我打电话给你的老师，她说你昨天一整天都没去上课。老实说，昨天到哪儿去了？"

非儿低着头。这两天她想到了徐宾的伤，想到了佑安，也想到了忻叔叔，就是没有想到沈露。她不见了，姐姐该有多着急？

　　"姐姐，对不起。"

　　沈露沉默许久，很多次要开口，但只是动了动唇，最后说："你也累了，去洗个澡早点儿睡吧。"然后就抱起糯米回房了。

　　非儿的确太累了，一回房倒头就睡。蒙眬中听到开门声，有人进来躺在她旁边，轻轻地抚摸着她的脸。

　　她知道是沈露，那么多年来唯一一直陪在她身边的人。她们是相依为命的姐妹，熟悉彼此的气息。

　　她翻了个身，枕着沈露的手臂沉沉睡去。无论怎样，她们都是要紧紧绑在一起的。

　　后来，非儿在书上读到"相呴以湿，相濡以沫"——河里的水干了，鱼儿挤在一起相互吐着泡沫，艰难地维持彼此的生命——她突然就在课堂上放声痛哭起来。她想到了沈露，曾经她们就是这样生活在一起的。而那时候，沈露已经离她很远了。

　　一觉醒来以后，沈露已经走了，非儿发现自己的床头柜上多了一部手机。

　　"以后有事的话，记得打电话回来告诉我。"是沈露的字迹。

　　非儿拿起手机，开心地笑了。

　　到了学校里，她把号码告诉了几个关系较好的朋友，当然也包括佑安。佑安高兴道："这样真好，以后我找你的话，再也不用心惊胆战地打到你家里去了。"

　　非儿抱歉地笑笑："对不起，佑安，前两天我比较忙……"

佑安摇摇头："没关系。今天是叔叔的生日，我想给他一个惊喜，你说我送他什么好？"

非儿无奈地笑了笑："我想不出来。"

佑安有些失望："那我再想想吧，中午来找你。"

非儿点了点头，看着佑安离开。

上午最后一节课下课后，非儿还是去老师的办公室请了个假，离开了学校。她不知道自己是真的担心徐宾，还是潜意识里不愿意想起忻叔叔。

非儿叹了口气，或许，是到了该遗忘的时候了。

她刚到病房门口，就接到了佑安的电话："非儿姐，你们班的同学说你去了医院，你生病了吗？"

非儿有些无力："没有，是来看一个朋友。"

"哦，叔叔的生日礼物我已经想好了。我会努力说服叔叔，让他来见你。"

"不用了，佑安。"非儿脱口而出，"不要在忻叔叔面前提起我，我也不想见他了。"

虽然非儿不知道忻叔叔为什么躲避自己，但是，从这一刻起，她要自己选择忘记他。那个漆黑阴冷的夜里，那一路小心呵护的温暖，那几句循循善诱的话语……她不要再沉陷于其中，即便那年的相遇不是偶然，而是忻宇忱和忻佑安为她打开了囚禁她多年的笼子。

以后她还会和佑安见面，他真的是个很好很好的弟弟，但是忻叔叔……一直以来，是她太过于执着了。

徐宾看着非儿收起手机："还要去见个什么人？"

"不见了。"她的脸上有些许轻松。

徐宾没有察觉到非儿的变化，继续问："你给他写情书的那个人？"

非儿郑重地看着他："给我一点儿时间。"

给她时间，去忘却。

徐宾说："好。"

非儿趴到窗台上吹风，徐宾也不再说话，房间里又只剩下坏了的挂钟发出的声音。

一些微妙的变化在周围有意无意地进行着，他们都能感觉到暧昧的气息在彼此间游走，谁也没有破坏它。

没过多久，沈露打电话来说小狗糯米不见了。非儿知道它平日里爱往什么地方去，就自告奋勇出去找。她知道沈露非常喜欢糯米，一定要找回来。

徐宾不满意地说道："你走了，谁来照顾我？"刚才他还为非儿的转变而高兴，但是现在，自己竟然比不上她家的一只小狗。

非儿说："你给罗耀打个电话，让他过来。据我所知，他今天没有去上课。"

徐宾无奈地看着她出去了。

非儿沿着平日里糯米出来散步的路往前走，终于在一个小巷子的转角处看见了它。此刻，糯米正被一个女孩子抱在怀里喂零食。它吃得津津有味，全然忘记了沈露平日里定时定量的教诲。

非儿跑上前："不好意思，它不能乱吃东西。"

当那个女孩子抬起头的时候，非儿愣了一下："刘佳雨？"

"沈非儿，是你啊！这是你家的狗狗？"

"嗯，是个贪吃鬼。"非儿说着抱过糯米，对着它的眼睛，"你好丢人哪！"

刘佳雨笑道："真没想到这么巧，还能在这里遇见你。你今天也不上课？"

非儿脸一红："难得的逃课。"

刘佳雨笑笑："有时间的话陪我去个地方吧。"

非儿还来不及拒绝，刘佳雨就走上前拉起她的手，似乎两人是认识了很久的好朋友一样，这种热情让非儿感到奇怪。她心想："我们没这么熟吧？但是……佳雨可是个好女孩。"

这么想着，非儿就被刘佳雨塞上车了。

非儿问她："这是去哪里？"

"我要帮我爸爸办件事，他最近太忙了，不过不会耽误太久，只是去看一下房子。你先想想晚点儿到哪里去玩。"

车子停在一幢私人小别墅前，非儿感到一种熟悉的感觉。她看着眼前这幢别墅，停止了动作。

"非儿，怎么了？走吧。"

"哦。"

她跟着佳雨走进去，越发觉得熟悉了。

佳雨问身旁的一个老头儿："为什么家具都没搬走？"

老头儿回答："卖主说，这些家具都不搬了，随你们处理。"

佳雨四处看了看，对非儿说："我们上楼去。"

漂亮的木制楼梯，脚踏在上面发出清脆的声音，这些声音渐渐唤醒了非儿的某些记忆。

她紧张地屏住呼吸，推开第一间房。

她记得这间房，那个自以为失去了一切的寒夜，是忻叔叔把她带到这间房里来的。什么都没有变，墙上也还是那张照片——忻宇忱和忻佑安，两个人都有灿烂的笑容。

看着佑安的照片，想想现在的他，确实是长大了。而忻叔叔……他变成什么样子了呢？非儿觉得心中一阵难过。

"非儿，你怎么了？"

她这才记起佳雨正站在身后。

"佳雨，你认识这幢房子的主人吗？"

"主人？"佳雨笑道，"从今天起，我就是它的主人了。"

非儿记得佑安说过，他们搬家了。"那它原来的主人呢？"

"这我就不知道了。听我爸说，卖方是个姓蒋的太太。你问这个干吗？"

非儿摇了摇头："没什么，随便问问。"

姓蒋的太太？她又看了一眼墙上的照片，然后和佳雨出去了。

离开的时候，非儿忍不住问道："你们家接下来会搬到这里吗？"

刘佳雨说："我爸爸只是觉得这房子他挺喜欢的，住不住倒是不一定，他就是有收集房子的爱好。"

非儿觉得这个爱好很特别。

过了一会儿，刘佳雨问："非儿，你和徐宾他们很熟吗？"

非儿想了想："算是吧。"

刘佳雨若有所思地点点头："我还以为你是徐宾的女朋友呢。"

非儿低着头："也……也不算是吧。"

刘佳雨笑道："我还以为这种问题的答案只有'是'或者'不是'呢，原来还有这么模棱两可的。不过说真的，我很喜欢他的画，你既然是他的朋友，就要好好儿鼓励他呀。我听说，他总是为了一些莫名其妙的事情而荒废学业。"

非儿点点头："他现在已经好多了。"

非儿觉得，在自己认识他的这段时间里，徐宾的确算不上一个坏学生。

他说："我喜欢你，这是真的。"

非儿相信他，所以，她正在努力地忘记，而忘记需的时间应该不会太长。

离开那个地方的时候，非儿很多次都有回过头去再看一眼的冲动，但是，她努力克制住了。

忻叔叔，再见。

第八章

如歌的行板

行板如歌，转眼高三。

开学那段时间很热，炎热的盛夏在学校上课很不好受。四十多个同学挤在一间教室里，空气闷闷的，电风扇呼呼转，像一台搅拌机似的搅动着空气中黏稠的不明物体。听隔壁的同学说，教室两边办公室的冷气和教室中的热气形成了强烈的冲突，才使得管道里不断地滴水。

非儿做哀怨状，但看着老师们在讲台上满头大汗，汗水还噼里啪啦往下掉的样子，心里的所有惆怅都硬生生咽了下去。

四十多个同学如同四十多个包子，在蒸笼里晃头晃脑地度过一天又一天——这疲惫、混乱的日子。

非儿除了管好自己的学习，还要整天忙着检查徐宾的作业。自从被班主任老师看出来他们之间的那点儿小九九之后，她就被告知："你们两个任何一人的成绩有所下降的话，立刻就叫家长。"

这是非儿所惧怕的。

这天，她拿起徐宾的习题卷，一眼看去都填得满满的，不由得想表扬两句，但是翻到最后一道题的后面一看，竟然有个大号的"抄"字。

非儿气道："你倒是一点儿都不掩饰。"

"谁叫我是个诚实的好孩子。"徐宾转着笔，一副无所谓的模样。

"徐宾同学，我觉得你需要为你的成绩好好儿着想。"

"方式是每天重复这些一模一样的题目？"

非儿说不出话来，放下卷子走了。

徐宾在后面叫她。

非儿说："你不需要叫我。不是觉得我就会给你施加压力吗？那你去找佳雨好了，找她讨论讨论你们那伟大的艺术！"

"沈非儿，你讲讲道理好不好？当初我懒得理她，是你拼了命地让我去和她探讨什么绘画艺术。现在她找我，我也不过是偶尔答应去帮她看看画，怎么碍着你了？"

"那我当初让你和她考美院你怎么不答应？说是要努力学习和我考一所大学，现在你的努力在哪里？"

非儿看着沉默下来的徐宾，觉得自己有点儿过了："对不起，你不用理我。"

"非儿！"

"一会儿的年级成年礼大会上我要发言，先去准备了。"非儿说完便转身回教室了。

徐宾看着她离开，心中不由得升起一股怒气。他给刘佳雨打了个电话："下午有空的话，来我们学校看球赛吧。"

说是成年礼，其实是已经简化了很多的仪式：学校代表发言，老师代表发言，家长代表发言，最后是学生代表发言；轮番的发言结束后，仪式差不多也就结束了。

非儿上台的时候本来准备了演讲稿，但是看了眼台下那么多双默默注视着她的眼睛，她忽然有种抑制不住很想哭的冲动。这其中包括徐宾、罗耀、许静、张允一，还有很多与她相处甚好的朋友，这三年中，他们都长大了。

面对这样的眼神，她能用演讲稿上那些冠冕堂皇的话去"鼓励"他们吗？非儿深吸了一口气，把稿子放在一边。

"各位同学，我是沈非儿，今天我本来准备了稿子，但是现在站在这里，突然觉得稿子上写的都是废话。我更想说的是，这一刻我回忆起了好多事情，军训时炎热的天气，校园广播的音乐，学校规定的发型和衣服，卫生室里可爱的阿姨，还有一到中午和晚上就拥挤的食堂……这三年过得很快，我不知道怎样用自己的话来表达现在的心情，我想给你们念一首诗——席慕蓉《如歌的行板》。"

看着台下同学和老师善意的目光，非儿继续道：

> 一定有些什么，是我所不能了解的，
> 不然，草木怎么都会循序生长，
> 而候鸟都能飞回故乡。
> 一定有些什么，是我所无能为力的，
> 不然，日与夜怎么交替得那样快，
> 所有的时刻都已错过。

忧伤蚀我心怀。

一定有些什么，

在叶落之后是我所必须放弃的。

是十六岁时的那本日记，还是，

我藏了一生的，

那些美丽的如山百合般的秘密。

不知不觉中，非儿想起了带她来到这个城市的那一列火车，还有姐姐抱着她在隆隆声中轻声唱起的童谣。

她想起忻叔叔的笑，宛如暗夜中悄然开放的纯白色花朵。

她想起徐宾带她去过的那个开满蒲公英的山坡，微光流萤，彻夜不息。

非儿眨眨眼睛："最后，祝大家成人节快乐！"

这是最简短的一次演讲，她走下讲台的时候，听到了迄今为止，在自己的发言结束后，最热烈的一次掌声。

下午是年级举办的最后一次篮球友谊赛，非儿和女生们站在一旁看球。比赛开始前，徐宾忽然解下手上的护腕，一路小跑着把它放到了非儿的手里。

非儿忙叫住他："你上次受伤还没有痊愈呢。"

"戴着麻烦。"徐宾回了一句，又跑去球场了。

这时候，罗耀和另一个男生也跑了过来。罗耀把一根项链扔给她："这个也帮忙拿一下。"另一个非儿不认识的男生从手上摘下两枚金属戒指："麻烦嫂子了！"

非儿感觉身后有一道并不是很舒服的目光穿过人群而来，下意识地，她往后一看，竟然是刘佳雨和几个外校的女生。

她们相视着笑了笑，但非儿觉得刘佳雨的笑容中有一种说不出的味道。

她觉得自己一开始刻意让刘佳雨和徐宾相处是一种错误。那时候，她以为刘佳雨只是喜欢画画，所以想让她和徐宾多交流。徐宾就这个问题向她含蓄地提过几次，但当时非儿就是不明白。时间一长，她才渐渐发现，原来刘佳雨是喜欢徐宾的。现在想想，以前自己总是在刘佳雨的面前夸奖徐宾，那在对方看来不就是一种耀武扬威吗？

非儿叹了一口气，再也没有心情看球赛了。

比赛结束后，徐宾向着她的方向走过来。

非儿刚想上前，就见刘佳雨先一步迎了上去："徐宾，你刚才的表现很好啊！"

徐宾对她笑了笑："谢谢你来看我打球。"

"你叫我来，我哪敢不来？"不大不小的声音，刚好能让非儿听见。

其中一个外校的女生捅了捅刘佳雨，神色不善地看了看非儿。

罗耀来非儿这里取东西，眼神怪异地看着她，低声问："你们俩怎么回事？为什么把刘佳雨扯进来了？"

非儿摇了摇头，把徐宾的护腕给罗耀："我先走了。"

她只想快点儿离开这个地方。

才走出几步，手腕就被拉住了，非儿听到徐宾在她耳边说："我打球这么累，你不关心一下就要走？"

"不是有人关心吗？"

"那怎么能一样。"徐宾低声说了句，牵起她的手，十指相扣，"早上是我不对，我向你认错。"

非儿抿了抿嘴。

身后传来刘佳雨的声音："徐宾，你怎么可以这样？"

徐宾回过头笑着问："我怎么了？"

"是你叫我来看球的！"

徐宾毫不避讳："是啊，现在球赛结束了。"

"你……"刘佳雨咬了咬唇，"为什么？"

徐宾抬起牵着非儿的手，缓慢却坚定地说："因为她才是我的女朋友。你以前做过什么我全当不知道，希望以后注意。"

说完，他牵着非儿离开了。

非儿忍不住问："刘佳雨以前怎么了？"

"不用知道，反正以后你别理她就是了。"

"哦。"

"笨蛋！"徐宾低低地说了一句，"怎么人家想抢你的东西，你还要做出一副很大方让人家来拿的样子！"

非儿傻笑两声："我有信心丢不掉啊。"

徐宾捏了捏她的鼻子："要是刚才我真的和她走了呢？"

"那就说再见啦。"

徐宾脸色一沉："就这样？"

非儿一脸的理所当然："那还能怎么样？我又抢不过她。"

"沈非儿！"

"在。"

"你能不能重视我一点儿？"

"已经很重视了。"

"可我怎么感觉不到啊？"

非儿在他前面踮着脚走路，笑得一脸灿烂。

她不知道这一切是怎么开始的，却清晰地记得每一个发生的细节。

非儿觉得这段时间过得很安定，徐宾的成绩虽然进步缓慢，但终究还是有起色。

快到高考的时候，佑安来找非儿，从背后拿出一只放满了幸运星的瓶子："祝非儿姐高考顺利！"

非儿有些手足无措地接过他手中的瓶子。一转眼，竟然都快要高考了。她看着佑安，觉得他又长高了。

"佑安，谢谢你。"

而突然打乱节奏的事情是——徐宾被学校开除了。听到这个消息，非儿不敢相信自己的耳朵，以前他逃课那么严重都没有被开除，最近一直在认真学习，怎么会发生这样的事情？学校甚至没有说明开除他的原因。

情急之下非儿去找自己的班主任，班主任却劝她不要再管徐宾的事情了。非儿说什么也想知道原因，最后得到的一句回答是："你自己去问他吧。"

非儿去老鼠的酒吧没找到徐宾，去他家里的时候，看见大门没有锁。她推开门，看到徐宾闭着眼睛斜靠在沙发上。

"你到底出了什么事？"

徐宾半睁着眼睛："很简单，之前我跟你说的都是假话，我一点儿都不喜欢你，又怎么会为了你把自己困在学校里？"

"我不相信！"非儿听到这样的话，却没有一丝恐惧，她断定徐宾在说谎。

"随便你相不相信，现在我想休息了，请你出去。"

非儿后退了几步，无意中看到桌子上有一支注射用的针管。她心里一惊，下意识地去看徐宾的手臂。

非儿的脑袋顿时嗡的一声，难以置信地看着徐宾。

"你不用这样看着我，我说了，一点儿都不喜欢你。看看你自己那发育不完整的样子，哪点符合我的要求了？最讨厌的就是你成天让我写这个背那个。我希望你、请求你，以后不要再缠着我了。大门就在后面，麻烦出去后帮我关上。"

非儿无心去听他恶毒的解释，她看着徐宾手臂上那些并不显眼的细小针孔，脑子里一片混乱。是震惊，还是害怕？她已经分不清楚了，只想快速逃离。

她一路快跑，没有方向地乱跑，但是跑到哪里都忘不掉那些马蜂窝似的针孔，里面像是随时会钻出一群马蜂来，把人蜇得体无完肤。

徐宾的种种恶行，非儿从进校那天就一直能听到，但别人说的和她所认识的徐宾似乎不是同一个人：他虽然有时候凶一点儿，但对人还是很好的；她喜欢他的娃娃脸，笑起来像婴儿一样可爱，和朋友一起打打闹闹的时候，他就是个小孩子；他还会拿着画笔专注地画画，画得又那么出色。

从那次画展开始，非儿知道，徐宾在自己心里的地位不一样了。她从来不相信徐宾会像同学们说的那么坏，但是今天，她亲眼看到了那些可怕的针孔。

她非常害怕，怕徐宾已经变成一个可怕的陌生人了。

跑累了停下脚步的时候，她发现自己已经到了那个他们曾经一起看过萤火虫的地方。

非儿蹲下休息，随手捡起一根干枯的树枝，在地上一遍遍写："徐宾，你混蛋！"她一直不停地写，直到一眼望去大片大片都是自己写下的字。

这个季节蒲公英正盛，纷纷扬扬，像是天地间下着一场不会冷的雪。

非儿蹲得脚酸了，干脆就坐在地上，仰面躺下。她不明白，为什么自己还会来这个地方？

不知道过了多久，听到渐渐走近的脚步声，非儿睁开眼睛，看到张允一正看着她——这个经常和他们一起玩，但是话不多的女孩子。

"非儿，罗耀说，你们老师因为你下午没去上课而很生气，他让我们来找你。"

"你怎么知道我在这儿？"

张允一在她身边坐下："我给娃娃打电话了，他让我来这里找你，要我在你面前把他骂一顿，骂得越凶越好，直到你彻底讨厌他。"

"那你骂呀，为什么要跟我说这个？"非儿补充了一句，"他确实该骂！"

张允一笑了笑："因为我不想帮他这个忙。帮助他把你推开，我做不到。"

非儿坐起身："允一，我问你一件事，你老实回答我，好吗？"

张允一道："我就是想告诉你事实。虽然他们都觉得瞒着你比较好，但我觉得你有必要知道真相。"

"谢谢你，允一。那么，请你告诉我，徐宾是不是在吸毒？"

她说出那两个字的时候，心都提到嗓子眼儿了。她多么希望张允一说不是的，是她自己误会了。可是张允一叹了一口气，然后点了点头。

非儿觉得整个身体都软了下来。

太阳快要落入地平线了，灯火渐渐照亮这个城市。

"能给我讲讲徐宾的事吗？"

张允一抬起头看着天空，静静地说道："我、他、许静、罗耀以及老鼠是从小一起长大的，我们小时候就喜欢来这里。这里有很多蒲公英，大团大团的白色蒲公英。我们喜欢趴在地上吹这些毛茸茸的绒毛。大家有共同的愿望，想要像它们一样飞起来，飞到天上。我们坐在草地上看着铁轨，说长大了要沿着它一直走到很远很远的地方。这些愿望听起来很可笑，但当时我们是很认真的。"

允一的眼睛潮湿了，停顿了一会儿后，她继续说："我们就这样长大了。徐宾一直被我们认为是最有前途的，他会画画，还画得特别好——这个不用我说你也知道。他的父母一直不怎么管他，总是在外忙工作，他的身边只有一个爷爷。但是，几年前，他的爷爷去世了。徐宾伤心了一段时间后，我们都以为他会振作起来。谁知道，没人管教之后，他越来越……"

张允一停了停，继续说："再后来，他跟着一个做毒品买卖的人混日子。我们劝过，他不听。我们也是几个月前才知道他染上了毒瘾。"

非儿握着允一的手，喃喃地说："我们该怎么帮他？"

"我希望你不要在这个时候离开他。"

非儿点头："我不会的，就算他成心赶我走，我也不会走。"

"谢谢你。"张允一补充道，"不过高考前的这段时间你还是不要见他了，一切等考试之后再说。"

非儿点点头。

与此同时，糯米在家睡了一觉刚醒，伸出前爪挠了挠头，突然被一阵急促的电话铃声吓得从沈露身上滚了下去。沈露抱起它去接电话，电话那头传来非儿班主任的声音："沈小姐，沈非儿同学今天下午无故旷课，您知情吗？"

沈露跟班主任谈了几句后，挂了电话，立刻打非儿的手机，却打不通。

她抱着糯米冲出门去。

沈露在街头四处张望。很久以前她就知道非儿是个不安分的孩子，现在发生的事是她最不愿看到的，她后悔没有严加看管非儿。非儿转变得这么突然、这么出人意料，让沈露感到害怕。妹妹是她最珍爱的人，是她唯一的亲人，是妹妹的到来让她的生活出现了希望，她不能失去她。

天空像恨嫁的女人的那张脸，如此哀怨，如此忧愁。沈露抬起头看着它，头很晕。非儿就躲在云朵后面，还伸出手，像是在抓什么东西。沈露对着她笑。她想说："你别闹了，快跟我回家。"可只张了张口，头上就像被重物压着一样，往下倒去。她看到四周围上来一群人，面目像是要吃人的鬼怪，她吓得想尖叫，只是发不出声音。

一幕幕片段闪过，有许许多多面孔，认识的、不认识的，美的、丑的，形形色色，他们张牙舞爪地向沈露扑去，个个都在疯狂地咆哮。可是她听不到任何声音，她张大嘴巴呼喊着，却也发不出声。而那些画面，还是一刻不停地跳跃着，像是一股强大的力量，一直朝一个地方冲去，没有目的，没有原因，只是在等待一个结束，等到什么都死了、没了，方才停下来。

沈露昏迷了一夜，第二天勉强睁开眼睛，却使不出力气。她看到一个穿白衣服的女人，然后又闭上了眼睛。思维渐渐恢复，记忆也苏醒过来，她想起自己在大街上找非儿，然后像是晕倒了，现在是在医院。

年轻的护士小姐看到她醒了，急忙走过来问她："感觉怎么样？还有没有哪儿不舒服？"

沈露摇了摇头，糯米乖乖地舔舔她的手。

她支撑着要起床，护士扶着她："你先躺会儿吧，我帮你打个电话给你家人。这个小狗是不能带进医院的，要尽快让你的家人来带走。"

"不用了，我自己回去就行。"

"虽然医生说宝宝很健康，但是你也要多注意自己的身体，太虚了。"

沈露僵直着身体不动了。护士把她扶回病床上，并让她躺下。

"你刚才说宝宝？"

"是啊，你怀孕一个多月了。记住，不要过度劳累，以后出门最好让家里人陪着。"

两行眼泪出人意料地滑下来。

护士小姐笑道："高兴的事情，哭什么？"

"我是太高兴了。"沈露突然有种不知所措的感觉。

整个上午，沈露都沉浸在这种喜悦中。她以为有了这个小宝宝，刘海顺或许会和她结婚。即使不会也没关系，一个小生命来到世界上接受一份自己给予的爱，这是一件多么美妙的事情！沈露从来没有这么幸福地期待过，像一个花匠得到了全世界最美的花种，她要一心一意地照顾这颗，等待着哪一天突然闻到一股馥郁的芳香。

第九章

不能说的秘密

一回到家，非儿就听到沈露房间里传出她和刘海顺的对话。

沈露的声音带着哽咽："海顺，你不要这么残忍。"

"我也不想这样，可是我不能和你结婚。"

"我没有强迫你结婚，我只是要留下这个孩子。"

"这么做只会带来更大的伤害。我是不能永远和你在一起的，你要这个孩子过没有父亲的生活吗？"

沈露低声道："我一个人也能照顾他。"

非儿知道沈露哭了，微弱的啜泣声撞击着她的心。

"小露，你还年轻，还可以嫁人，有一个美满的家庭，我不希望你为我而毁了自己的未来。"

"我原以为自己是个没有未来的人，可你的出现让我相信我还有未来，现在你又要亲手打破你给我的梦！"

"对不起。"刘海顺叹了一口气，"如果你执意要这个孩子，我也没办法。但是有一点，我不愿意看到以后你们给我的家庭带来麻烦，你明白吗？"

非儿心中一震，她可以想象沈露的表情，此刻她一定像一根木头似的看着他，一动也不动。

"我会把这套房子留给你们，每个月的生活费我也会给，我能做的只有这么多了。小露，我是爱你的，但我不能留在你身边。"

房门开了，刘海顺走出来，看到了站在门口的非儿。他还是非儿第一次见到时的样子，一身西装笔挺，表情像是很难过，又像是很平静。

"好好儿照顾你姐姐。"说完，他便离开了。

这个事业有成的男人在非儿的眼里总是那么高大，即便是现在也一样。但是，他为了维护自己的家庭而对姐姐造成了伤害，她不能原谅。

非儿看到坐在床沿的沈露，她像是已经风干了，没有知觉了。

刚才离开的那个男人抽走了她对生活的勇气。

这还是沈露吗？以前那个坚强的她去哪儿了？那个无论遇到什么挫折都不会倒下的姐姐去哪儿了？

非儿抱着沈露，轻轻地拍着她的背。

"我要当小姨了，是吗？"非儿努力表现出高兴的样子，把头放到沈露的肚子上，"我听到宝宝说话了！"

沈露用干燥的手摸了摸非儿的头："哦，你听见他说什么了？"

声音模糊得像隔了一个世纪。

非儿安慰她："他说：'妈妈不要伤心了，不然我也会伤心的。'"

沈露把手放在肚子上："是这样的吗？"

"是啊，你看他多乖。"

沈露笑看着非儿："以前我一直怕，怕你会一直像小时候那样，永远不知道怎么和人相处。你没有让我失望，你很勇敢地站起来了，还知道为我分担了。答应我，不要再让我为你担心了，好吗？"

"姐姐，你为什么这么说呢？"

"我知道你最近和一些校外的人走得很近，我不希望你和他们在一起。类似的事情以后不要再发生了。你要知道什么该做、什么不该做。"

她们是姐妹，却从未生活在同一条线上：沈露坚强的时候，非儿是个弱小的孩子；现在非儿站起来了，沈露却坚强不起来了。

非儿紧紧地抱着沈露。

"姐姐，我们一起，无论发生什么事，我们一起。"

过了好久，非儿才听到一个依稀可辨的声音："我们一起。"

接下来的一段时间，非儿心无旁骛地学习，强迫自己什么都不想，一日日熬过，终于熬到了高考。

考试很顺利。考完最后一科，非儿走出考场，听到人群中有人在叫她的名字。

"刘佳雨，原来是你。你考得怎么样？"

刘佳雨笑了笑："第一志愿应该没问题。"

非儿看着她一副志在必得的样子，说："那恭喜你了。"

她说着便要走，却被刘佳雨一把拉住："你不在乎徐宾的安危了吗？"

非儿诧异地看着她："你说什么？"

刘佳雨说:"他现在很危险,随时可能没命。"

非儿不敢拖延:"快带我去!"

她们叫了辆车,一路疾驰。

非儿看着周围越来越陌生的街道,问道:"徐宾在哪里?"

"你去了就知道了。"

一刻钟之后,车子停在一家茶馆附近,刘佳雨率先走了进去。她找了个座位坐下后,抬头问非儿:"想喝什么?"

非儿面无表情地看着她:"你在玩什么把戏?"

刘佳雨看了看手表。"想知道?那就坐下来听我慢慢说。"她抬眼微微笑了一下,"怎么样?"

非儿在她的对面坐下。

刘佳雨给非儿倒了杯茶,低低道:"我的父亲有外遇了。"

非儿警惕地看着她,心中突然升起不祥的预感。

刘佳雨继续说:"那个人你也认识,不但认识,还很熟。"

非儿默不作声。

刘佳雨。刘海顺。

他们是父女?

"你想说什么?"非儿终于问道。

"我想说,我有一个仁慈的父亲。"刘佳雨喝了口水,"他决定让你的姐姐去上海。我希望你选一所上海的大学,和你的姐姐一起离开这里。"

非儿笑了:"我为什么要听你的?"

刘佳雨收起笑容:"你的姐姐要去上海,你这个妹妹跟着去不是应该的吗？除非你想让所有的人都知道，她是破坏别人家庭的第三者。到时候，你也会以第三者的妹妹的身份为人熟知。"

"你到底想怎么样？"

"很简单，你们离开这里，并且永远不要回来。"她顿了顿，"我会帮助徐宾摆脱现在这样的状况，就不用你来操心了。"

"你就是为了徐宾吧。"

"不管你怎么想，答应或者不答应，现在就做出选择。"

非儿咬着唇低下头，不知道该如何选择。她前一阵子才答应张允一不会在这个时候离开徐宾，如果她真的走了，那在他们看来自己是什么样的人？但是，她能不顾姐姐、不顾自己的未来吗？

她抬起头："好，我答应你。"

刘佳雨轻轻地拍了拍手："真是个聪明的选择。"

当非儿将这些告诉沈露的时候，沈露并没有太激烈的反应，想来刘海顺已经跟她提过了。沈露打算先送非儿去上海，让她熟悉一下新的环境。可非儿坚持要等到开学再去，她没有瞒着沈露，把原因详细地告诉了她。

"我不同意。"沈露语气坚定，说道，"非儿，我就你这么一个妹妹，我不会让任何人抢走你，以前是，现在也是。我在社会上摸爬滚打这么多年了，遇到的坏人比好人多，我害怕你会经历我所经历的那些，我不希望那样的事情发生在你身上。几年前，一个叫忻宇忧的人——我不知道你还记不记得——几次说要见你，我都没有同意。我怕你会被别人带走。非儿，我们要一直在一起的，不是吗？

永远不会分开，不是吗？"

　　原来，一直以来，姐姐竟有着这样的顾虑。非儿一阵心疼，半是安抚半是坚持地说："姐姐，你怎么会这么想呢？我是你的亲妹妹，我不跟着你，还能跟着谁呢？我不会离开你的，相信我好吗？关于徐宾这件事，我知道你不会同意，但是我不想骗你，我真的不能眼睁睁地看着他现在这个样子。姐姐，只要一个暑假的时间，暑假过后，不管怎样我都会跟你走，跟你一起开始一段新生活。"

　　沈露不知道非儿从什么时候开始变得这么倔强了，她感觉两个人之间的强者地位已经更换。她不再是那个脾气暴躁、动不动就会打人的姐姐，她也不再是那个冰冷沉默、只知逆来顺受的妹妹。

　　沈露目送着非儿出门，再走到阳台上，看着她一步一步地走出自己的视线。

　　"非儿！"

　　在十字路口，有个倚靠在墙壁上的黑影突然叫她的名字。她听得出那个人的声音，是徐宾。

　　她走近徐宾，看到他比以前瘦了，不由得为他担心："我这几天正想去找你呢。"

　　想了一会儿，非儿终于还是决定把话说明白："允一跟我说了，徐宾，让我帮你好吗？"

　　徐宾冷笑："帮我？"

　　"是。我不希望看到你这个样子。"

　　"那你觉得我应该是什么样子？从一开始，你就说我是流氓、痞子。我是什么样的人，你还不清楚吗？"

"我不清楚！你是什么样的人，我从来就不知道！"她以为他只是表面上的坏学生，她以为他是个重情重义的好兄弟，她以为他是患难与共的朋友，但是……非儿吸了一口气，"以前我喜欢看你拿着画笔的样子，我以为你有灵魂、有梦想、有希望，可是我现在对你很失望！"

徐宾看着她："那么，再见。"

他们沉默地站了很久，然后徐宾准备离开。

"非儿，你没有你想象的那么了解我。我也不需要什么帮助。如果你看不起我，就不要假装可怜我。"

他渐渐走远。

"徐宾，你站住！"她不甘心地追过去，"我没有看不起你，也没有可怜你。这次你必须听我的！"

第二天，当非儿去徐宾家的时候，徐宾正在睡觉。门铃响了很久之后，非儿才看到徐宾睡眼惺忪地从门后伸出个脑袋。

看到非儿微笑着站在门口，徐宾愣了愣，他有点儿不相信自己的眼睛。

"你愣着干吗，不让我进去啊？"

"你怎么来了？"

"这句话问得很奇怪。"非儿甩甩手中的绳子，"我是不是应该先把你绑起来？"

徐宾想起来昨天她说的话，指了指柜子的抽屉："所有药物都放在里面了，钥匙在桌子上。"

非儿木木地看着徐宾："我应该怎么做啊？"

她在学校看教育片的时候看到过犯毒瘾的人，异常可怕。徐宾到时候也会那样吗？来之前，她已经做了不少心理准备，但现在发觉一点儿用都没有。

徐宾一直在看书，非儿盯着他看了一上午，都没看出有什么问题。

"徐宾。"

"嗯？"

"去戒毒所吧。"

"不去。"

非儿叹了口气，顺手拿起桌上的一本书看："咦，漫画？你不是说，这东西只能用来哄女孩子吗？"

徐宾笑了笑："是啊，用来哄你的，看你现在笑得多高兴。"

他突然伸手把非儿揽进怀里，非儿一时间挣脱不得，只能绷着脸与他保持着一段距离。

徐宾低笑道："我这个混蛋被你写得满山坡都是，你怎么补偿我的名誉损失？"

非儿努了努嘴："你有名誉可言？"

忽然觉得徐宾的脸色不太好，说起话来也有气无力的，非儿赶紧问："你是不是不舒服啊？"

徐宾点点头："你最好把我绑起来。"

非儿一听更紧张了："绳子？放在哪儿了？"

徐宾苦笑："昨天你不是还信誓旦旦地说要帮我吗？现在倒问我

该怎么办。"

非儿慌慌张张地找到了绳子，绑好之后又想把一块布塞进徐宾的嘴里，这引起了徐宾的强烈反抗："看你这架势，怎么像是要绑架我？"

非儿没理会他，直接把布塞了进去，说："为了防止你痛苦难忍咬舌自尽，我只有这么做了。"

她一松手，徐宾就把布吐了出来："你现在用太早了，我这样绑着已经够难受了。"

"我只是先试试看。看来这块太小，我去换一块大点儿的。"

带着大一号的布回来的时候，非儿看见徐宾正跪在柜子前开锁。

"你怎么自己解开了？"

非儿扳过他的身体，看到的是他发白的面孔。

她一惊，随即清醒过来，毒瘾犯了的人不都是这样的吗？

"我知道这样很难受，但你要坚持住啊。徐宾，想想那么多关心你的朋友，罗耀、允一、许静，还有老鼠，他们都希望你快点儿好起来。还有你自己，你不是也同意戒掉吗？再想想你爷爷，他要是还活着，看到你这个样子会有多痛心啊。"

徐宾根本就听不清楚她在说什么，也无心去听。非儿用手按住他，以防他乱碰乱撞弄伤自己。但徐宾无法控制住自己，他发疯似的用手指紧紧地抠着头皮。非儿去抓他的手，反被他推倒在地，紧接着，他自己也从沙发上滚了下来。

非儿死死地抓着他的手不放，用最大的声音叫道："徐宾，你想清楚自己在干什么！"但是，再大的声音也叫不回他的理智。他大吼着要挣脱非儿，指甲深深地掐入她的手臂，鲜血顺着手臂一直流到地上。

非儿疼得吸了口气，不得已松开手。她倚着墙才勉强站起身，看到徐宾把头往地上撞，她惊慌失措，踉跄着走过去抱住徐宾的头。她听到徐宾喃喃地在说话，依稀可辨是"给我，给我……"。

"你不要再伤害自己了。"非儿抚摸着他的头，他有了片刻的安静，但是立即一把推开了非儿，去抽屉里找注射物品。

针头插入手臂，他脸上痛苦的表情渐渐散去，呼吸也逐渐平稳，整个人都松弛下来，像一只被打了镇静剂的野兽。

他缓过神来，看到非儿的伤，更是无地自容。

"对不起，我送你去医院。"他站起身来去扶非儿。

"没事，我回去包扎一下就行了。"她故意装出无所谓的样子。

徐宾突然握紧拳头打在墙上，然后咬着牙，抬头看天花板。

非儿看着他红肿的手，一时不知道该说什么。良久，她吐出一句："我先回去了。"

下午非儿再来的时候，看见徐宾家的门大开着。她以为又出了什么事，急忙冲进去，看到徐宾正好好儿地坐在椅子上。

"门怎么开着？"

"你出去的时候没关啊。"

"哦，是这样啊。"她红着脸关上门，"我还以为出事了。"

"刚才你那样冲进来，我以为你被人追杀呢。"

虽然徐宾的表情看不出什么奇怪的，但非儿总觉得这句话不对劲。过了一会儿，她反应过来："哦，你敢笑我！我买了好多吃的，信不信我不给你吃？"

"好了，不吵了。快让我看看你买了什么好吃的。"他本就没吃饭，看到非儿提的一大袋东西，肚子更饿了。

非儿拿出一罐绿豆汤，在他的眼前晃了晃。

徐宾大叫："喂！你明知道我最讨厌吃这个了。"

"买给我自己的！"

她把徐宾喜欢吃的炒面一口一口地喂到他的嘴里。徐宾吃得满嘴都是油，抱怨着这是他吃得最艰难的一顿饭了。

吃饱后，徐宾的精神稍微好了些。

非儿说："要是你不乖乖地把毒戒了，以后我就天天这样喂你，让你每一顿都吃得这么难受！"

徐宾的目光停在她脸上："那好啊，我不戒了。"

非儿用枕头把他一顿毒打。

虽然和他开着玩笑，但非儿没有忘记自己是来干什么的。她在徐宾床底下的黑木箱子里找出了他以前画的画。因为他们上次在老鼠酒吧和耗子打了一架，那些画损坏得很严重，完好无缺的只剩下不到十分之一了。

看着非儿把这些画一一挂到墙上，徐宾问道："你这是做什么？"

"徐宾，你听清楚了，你的手是用来画画的，我要看着你重新拿起笔。这些画挂起来，你就每时每刻都不会忘记了。它们是你的动力，也是你的支持者，你不要放弃，不要让它们失望。"

他向非儿点点头，然后露出一个微笑。

非儿又想起他的绰号——"娃娃"，形象得很哪！

"我差点儿忘了，你要考什么学校？"

这个问题倒是把非儿给难住了，她不能告诉他自己要离开，可也不愿意骗他。

徐宾看非儿吞吞吐吐的，猜测说："没有考好吗？"

"别说这个了。"非儿叹了口气。

她在心里对徐宾说："即便我的决定可能对你造成伤害，我也只能说抱歉了。我更不想让我姐姐伤心难过，她是我最亲最亲的人，要在你们之间做出选择的话……我别无选择。所以徐宾，希望你能原谅我。"

她定定地注视着徐宾大口吃东西的样子，脸上的笑容慢慢退去。

在天黑之前，徐宾的精神状态一直都很好，但是之后非儿不能守在他身边了，她要尽快回家，不让沈露担心。非儿给老鼠和罗耀打电话，让他们晚上轮流照顾徐宾。

累了一整天，她很早就睡下了。她把手臂上的伤掩藏得很好，沈露并没有发现。

第二天一大早，非儿就赶往徐宾家。她知道，徐宾一定会闹腾。果然，还没到门口，她就听到里面传来器物倒地的声音。

开门的是老鼠，他已经满头大汗了；罗耀坐在地上，也累得不行了；而徐宾，看得出是才安静下来，他闭着眼睛，眉头紧锁，嘴唇都被咬出血来了。幸好徐宾被绑着，要不然三个人肯定一身都是伤。

"要换张椅子，这张快散架了。"

非儿走到徐宾身边，轻轻地拍着他的脸："你能行吗？松开绳子不要闹，好吗？"

　　徐宾像是睡着了。

　　"换吧。"

　　她解了绳子，扶徐宾站起来，再给他换上另一张椅子，这样一来把他弄醒了。绳子还没来得及系上，徐宾就挣开了，他冲到柜子边，拿出注射器。罗耀反应快，一把夺了过来。徐宾狠狠地盯着他，然后扑上去打了他一拳，罗耀顿时流出鼻血来。徐宾又扑上去抢注射器，非儿和老鼠拉住他的双手，但他的力气更大，三个人都制不住他。

　　情急之下，非儿一狠心，抓起椅子朝他的背上砸了过去。正如她所预料的，徐宾昏了过去。

　　老鼠和罗耀都惊讶地看着非儿："你真是下得去手啊！"

　　非儿握住徐宾的手，坚定地说道："我们带他去戒毒所。"

　　老鼠反对说："以他的性格，才不会愿意被关起来。"

　　罗耀想了想："光凭我们可能会把事情越弄越糟糕。我同意非儿的决定。并且，如果是非儿的决定，我想徐宾也会答应的。"

　　非儿愣愣地看着徐宾，心想："徐宾，对不起，这一切都不能告诉你。对不起，对不起，对不起……"

第十章

离别和相遇

非儿走的那天，徐宾还在戒毒所，走之前两天来送行的只有张允一。

非儿没有对他们说出自己的真实处境，她不想让徐宾知道这一切，宁愿成为他们眼中的叛徒。

"允一，我知道，他们现在都讨厌我。我没什么可为自己辩解的。但是，我想拜托你们，先不要让徐宾知道我离开的事。等他出来后，请你帮我告诉他，我一直只把他当成朋友，很好很好的朋友。他是我生命中非常重要的人。"

张允一看到非儿无奈的眼神，心里像是被什么东西揪了一下，她从来没有见过她这么无助的样子。

她叹了一口气："昨天徐宾还跟我说，出来那天，他希望第一个看到的人是你。"

"对不起。"非儿低着头，不敢去看她。

其实非儿很想答应他，但是那一天，她应该已经在上海了。

张允一问："非儿，你有苦衷的，是不是？我记得你的第一志愿并不是上海的学校。"

非儿摇头："不，没有任何苦衷，是我对不起大家。"

"也是啊，到了上海，将来就会有更多的机会，前途比在这儿要好。"张允一苦笑，最后看了一眼非儿，"你走了，就再也不要回来。"

深夜，非儿一个人走在街道上，晚风很凉，把她的长发吹散开来。她想，命运这东西真是奇怪，喜欢把人拉来拉去的。生活有时候平静得像一潭死水，但真要动荡起来，人就像一片叶子，在水中沉浮不定。她还记得北方小城里那个名叫念念的女孩，好像这些年，念念从没离开过，她一直在非儿身边，叫她不要害怕。

两天后，非儿和沈露离开了这座城市。

非儿想和佑安道别，苦于联系不到。她不知道出了什么事，不知道佑安为什么那么久没有给她打过电话。

这是非儿第二次坐火车，她选了一个靠窗的位子，可以看到外面的风景，熟悉的或者不熟悉的，都在她眼前一闪而过。她不知道自己以后是否还会回到这个地方，是否还能看一眼长满整座山坡的蒲公英。它们最终会飞去哪里呢？

沈露用一种复杂的眼神看着窗外。她是在这座城市中成长起来的，它给她带来了太多的痛苦。那些痛苦，她一个人熬过来了，幸福当然也有，只是太过短暂。

她看着身边熟睡的非儿，耳朵里充斥着她的声音。

"姐姐，我们一起。"

这是一座陌生的城市。

涌动的人流，绚丽的灯火，置身其中，好像一不小心就会迷失方向。这个梦一般的城市让非儿有点儿害怕。

她们租了一套房子，开始学着适应新的生活。

学校处于郊区的繁华地带，满是南来北往的人，充斥着各个地方的口音。混迹于陌生的喧哗中，非儿觉得自己也变得陌生起来。

开学那天，校园里人很多，非儿在人群中艰难地移动着。突然，她的身后传来一个女生紧张的叫声："快让开！让开！要撞上了！"人群一致朝那个方向看去。非儿一转身，就看到一个人正朝自己这边撞来。她还没反应过来，那个人就压了上来。随着一声尖叫，两人齐齐倒在地上。周围的同学个个目瞪口呆。

一个别开生面的见面礼！

那个女生抱怨道："哎呀，你反应好迟钝！我新买的溜冰鞋！"

非儿觉得她很不可理喻："明明是你撞上我的！"

"那是你不会躲，还害我摔跤。"

"你怎么这么不讲道——"

"理"字还没说出口，非儿就呆住了。她看到女生的脖子上挂的分明就是与她那只一模一样的银制小手镯，因为手上戴不上了，所以做成了项链。

"喂，你怎么了？撞疼了吗？为什么一动不动的？"女生把手伸出来，在非儿的面前摇晃了几下。

非儿指着她的项链说："你脖子上挂的手镯我也有。"她有点儿后悔把手镯还给忻叔叔了。

女孩拍了拍身上的灰尘："这东西哪里都能买到吧。我叫吴菡，你呢？"

"我叫沈非儿，新闻专业的新生。"非儿细细看去，吴菡的眉眼与她在忻宇忱家中看到的照片上的女孩子很像。这是巧合吗？或者说，这个世界上真的存在超越正常范围的缘分？

"哇！我们是一个专业的。真是不撞不相识啊。"

两个人并肩向教学楼走去。

非儿有些不好意思地问："你的溜冰鞋没什么事吧？要不我这个周末去给你买一双新的？"

小菡假装生气地说："沈非儿同学，你把我吴菡看成什么样的人了！这点儿小事也会斤斤计较吗？"

非儿尴尬地笑笑："新认识的同学，一见面就弄坏了人家的东西，这样很不好嘛。"

"没什么，我们是朋友嘛。一双鞋子，我才不在乎呢。"吴菡想了想，转过头看着非儿，"不过，要是你真想补偿的话，下课后就一起走吧。"

说完后，她一阵怪笑。

非儿不知道她葫芦里卖的什么药，却又不能回绝，只能答应。

她们俩的宿舍正好在同一层楼，门对门。不过，开学这天刚好是周五，两人都准备回家过周末。下课后，吴菡拉着非儿一起去书店，说是要她帮忙搬书回家，她家就住在附近。非儿想，小菡真是个好学生，一下课就来买辅导资料了。

书店老板一见她们就笑眯眯地迎上来："书我都准备好了，就等着你来拿呢。"

小菡拍拍手说："好，我现在就搬。"

老板看见非儿弱不禁风的样子，问："就你们两个吗？很重的。"

"没什么，你尽管拿出来。"

老板招呼伙计和他一起去搬书。

非儿看他们谈话的样子，好像已经认识好久了，于是问道："小菡，你和老板很熟啊？"

小菡自豪地回答说："我每个星期都要来买书。"

非儿在心里赞叹，小菡真是用功啊。

看见老板把大摞的书搬出来，非儿心里逐渐有点儿压力了："那么多啊？"

"快搬吧。"小菡说着已经把一堆书放到了非儿的手里，"你可拿稳了哟，我当你是朋友才让你来和我一起搬的。"

老板在一旁笑道："这丫头，平日里把书看得紧呢，这回终于知道叫个帮手来了。今天的书还特别多，你一个人肯定拿不动。"

非儿看着一本本厚厚的书堆到她的手上，仔细一看，都是封面夺人眼球的漫画书。

"我还以为你是来买教学辅导资料的。这么多漫画，你看得完吗？"

小菡把账付清，抱起另一摞书说："当然，时间永远是够用的。"

两个女孩子抱着大堆的漫画书走在大街上，引来不少人的目光。非儿很不适应，小菡倒是早就习以为常了。

每到转弯处或者是道路不平坦的地方，小菡都会提醒非儿千万小心，不能摔了，这些漫画书可都是她的宝贝。

到了路口，终于打到车，两人才算舒了一口气。

学校附近的一片红色屋顶下。

"小菡，你回来啦。哟，怎么还有个女同学？"

"跟你说好的嘛，只要我开学第一天能交到一个好朋友，你就答应让我继续学画漫画。"她看着非儿，"这就是我新学期的新朋友，沈非儿。"

非儿向小菡的妈妈问好："阿姨好。"

"哎呀，你们俩在一起要好好学习，不要一天到晚看闲书。我们小菡就是喜欢这些花花绿绿的玩意儿，沈同学，你不要和她一起胡闹，以后帮我多管着她点儿。"

非儿很不喜欢小菡妈妈说话的语气和神态，但还是强忍着答应了，说会和小菡好好学习。

"妈，什么叫胡闹啊，我是要学画漫画。"小菡对妈妈说的话很不满意，"我不管啦，你赶快去请老师。"

小菡妈妈无奈地说："好好好，你说请那就请，家里还不是你最大。"

小菡高兴极了："那你就是不反对咯？"

"你硬要学，我又有什么办法。"小菡妈妈皱了皱眉，"只要不影响学习就好。来，请你的同学一起吃晚饭。"

"不用了，阿姨，"非儿道，"我姐姐还在家里等着我呢。"

小菡没有强留，送非儿到了门口。

沈露租下的房子位于学校附近的老居民楼里，虽然旧，但是南北都有阳台，通风和光照都较好。非儿回去的时候，沈露刚准备好晚饭，久违的味道，只属于两姐妹的味道。

从此，又只剩下两个人了。沈露摆放好碗筷，呆呆地看着饭菜冒出的热气，她不知道日后的生活还有多少是属于自己的，好像活着的目的只是为了照顾非儿和尚未出生的孩子。

她去阳台收衣服，在房间里忙着整理书本的非儿立刻过去阻止说："以后收衣服就交给我吧，你挺着个大肚子不方便。"

沈露微笑着，心想，她哪有那么娇贵啊。

非儿扶着她在饭桌前坐下。"什么活儿都不用做，你就坐下好好儿吃饭。"她弯下腰对着沈露的肚子说："小宝宝要快快长大哟。"

晚饭过后，非儿帮着沈露一起收拾。看到沈露憔悴的样子，非儿还是忍不住在心里叹气。自从刘海顺走后，非儿就再也没有见她开心地笑过了。

"姐姐，你要快乐一点儿，这样宝宝才会快乐啊。"非儿担忧地说道。

沈露挤出一丝微笑："你看我们现在，不是有说有笑的吗？"

"是真正地快乐起来。过去的事就不要再想了，我们三个人以后好好儿过。"

沈露忧心忡忡地坐到床沿上，摸摸肚子里的孩子。他正在一天天长大，她甚至感觉得到他的呼吸和心跳。耳朵里时常会传来很遥远的声音，是一个孩子用稚嫩的口吻叫着妈妈。她也会梦见他，在一个不知名的地方，他们长久地对视，周围是薄薄的雾气，久久不能消散，她无论怎样都看不清她的孩子。

这样的梦境总让她害怕。

沈露觉得对不起这个孩子，当其他的孩子在父母的关心和教育下成长的时候，她的孩子一定会问爸爸去了哪里。到时候该怎么回答呢？他会像别的孩子一样健康成长吗？

非儿写完作业，从房间里出来，看到沈露一只手放在肚子上，眼睛看着地面，正坐在床上流眼泪。

非儿在她身边坐下，把头靠到她的肩膀上："那么多困难都走过来了，现在更要好好儿地过下去。"

"非儿，要不是你，我一个人怎么能熬过这么些年呢？是你一直陪在我身边，才让我有了继续向前走的勇气。"她眼睛红红的，看着非儿，"现在也是一样。"

"那么姐姐，不要再伤心了，好不好？我在你身边，一直都在。"

沈露把眼泪擦干："我只是突然想到糯米了。"

"要是你一个人在家闷的话，我们可以再养一只小狗。"

"怎么会只有我一个人呢？有宝宝陪着我，才不会闷呢。"她宠溺地拍了拍非儿的头。

非儿在心里祈祷，以后，他们三个人都要好好儿的。

一周后，小菡终于有漫画老师了。周五的课上完后，她对非儿说了声再见，就兴冲冲地回家了。

她一进门就大喊："妈妈，我的老师呢？"

小菡妈妈笑着迎上来："瞧你开心成什么样了。老师已经来了，就等你回家呢。"

看到站在边上的那个局促不安的小青年，小菡在心里暗叫，这样气质的人，也能当自己的漫画老师?！

"小菡哪，这是汪老师，以后你就跟着他学画漫画了。先来问个好吧。"小菡妈妈热情地把这个姓汪的年轻人介绍给小菡。

汪老师低着的头始终没敢抬起来。

小菡板着一张脸说："汪老师好。"然后生气地看了看妈妈。

她妈妈笑得更开心了："先吃晚饭，吃完了你们再好好儿地交流一下。来，小汪啊，别客气，跟在自己家一样。"

小菡妈妈不停地给他夹菜，把小菡冷落在一边。小菡闷闷地喝着饮料，眼光时不时地向他们瞟去。

她越想越气不过。

"妈，我不吃了。"

她放下碗筷回到自己的房间，听到妈妈在说："这孩子……"

小菡独自躲在房间里，随手拿起一本漫画书。她嘟囔着："怪不得妈妈同意给我找老师，原来是找来了一个这样的老师。哼，让他滚蛋吧!"她把一个毛绒玩具狠狠地摔到房门上。从前发生的事还是那么清晰地映在脑海里。

小菡初中开始学画漫画，那时候，爸爸妈妈都是很支持的。他们太宠爱小菡了，只要是她喜欢的东西，他们总是尽量满足她。到了高一那年，原来的漫画老师生病了，妈妈就给她找来了同事的儿子担任漫画老师。

第一次见到方哲是在小区花园里，他穿着雪白的衬衫，背着厚厚的书包，小菡远远地就能看见他轮廓分明的脸。

阳光刺得小菡睁不大眼睛，朦朦胧胧中，她看见男子朝着自己微笑。

"他看到我了吗？我那个样子一定很花痴……糟了，给他留下了不好的印象！"

男生逐渐隐没在转角处。

小菡愣了一会儿，突然飞快地跑回家。在阳台上，她细心地摆好画板和颜料，开始记录刚才的那个瞬间。

整个下午就浸泡在画中了，她的心情格外好。

到了晚饭时间，妈妈走过来教训她，问她为什么偏偏在这个时候画画，还画了那么长时间。老师中午就来了，看到她在认真地画画，就不敢过去打扰，一直等到现在。

小菡装作虚心接受的样子，却在心里偷笑，她想：这个老师一定很好欺负。

看到老师就是在花园中经过的那个男生时，小菡笑不出来了，惊讶地看着他。

方哲向她问好："以后我就是你的漫画老师了，请多指教。"

他白皙的手伸到她面前。

小菡与他握手，笨拙地说了句："你好，我叫吴菡。"

小菡家的阳台就是个画室，很宽敞，画具材料应有尽有。傍晚的阳光洒在小菡的脸上，她的脸颊泛起了红晕。

方哲的视线停留在桌子上的一张漫画上。

明亮的光线，秋千架似乎还在晃动，男子和女孩的目光不经意地碰到一起，女孩惊讶、闪躲，男子坦然、从容。

画面还残留着湿气。

方哲回头，看到小菡红着脸，也在看着这张画。

"之前忙了一下午，就是为了完成这个吗？"

"嗯。"小菡害羞极了，有种不自觉的压力。

方哲用怜爱的目光看着画面中的女孩："这算是给我的见面礼吗？"

"啊？"她心中暗骂，小菡啊小菡，怎么嘴一下子变笨了呢？连话都不会说了。

"把它挂起来吧，以后每天都能看到了。"

"什么？每天？"小菡一抬头，撞上方哲明亮的眼睛。

"怎么，你妈妈没有告诉你吗？以后我每天下午过来教你画画，为期三个月。"

"才三个月啊？"话一出口，小菡恨不得打自己的嘴巴。

方哲微笑着说："三个月以后，你一定会有很大的进步。"

两人就这样简简单单地认识了。小菡原本以为只是小女孩傻傻的崇拜，三个月很快就会过去，等方哲离开后，一切都会像原来一样，而他也只是记忆中一个帅气的大哥哥而已。小菡不会想到，三个月过去后，自己竟然会舍不得方哲。更让她难以置信的是，方哲竟喜欢上了自己这样一个刁蛮任性的女孩子。

第一个月，小菡乖乖地认真学画，只有在方哲不注意的时候才会偷偷看他一眼，然后闭上眼睛，把自己看到的样子在脑海里回忆一遍。

小菡房间床头的抽屉里渐渐叠起了漫画纸，画面上是同一个男生不同的动作和表情。

这些都是她在爸爸妈妈睡着后偷偷画的，只放在房间里，方哲不会看到。

她习惯了每天画一张，在睡觉前复习一遍他的微笑。

小菡妈妈也非常喜欢方哲，小菡没有放学的时候，她就和方哲坐在客厅或者花园里，聊小菡各种各样的趣事。

一个月下来，小菡有了很大进步。一开始方哲还担心这样会影响她的学习，在得知小菡优异的成绩之后，就放心地教她画画了。

接下来的时间，小菡已经完全摆脱了开始时的羞涩。她和方哲开玩笑，讲学校里发生的各种事情，方哲总是在一旁耐心地听着。小菡不知道，她讲话的样子总是能把方哲牢牢吸引住，他也在一点一点记录她的样子。

"阿哲，我可以这样叫你吗？"

方哲点点头："可以。"

小菡满意地笑了。第二天是星期六，她提议放一天假。

方哲问她是否有事要忙，这样的话，最好是跟她妈妈说一声。

小菡说明了自己的意思，她想让方哲陪她出去玩一天："至于妈妈那里呢，我会对她说是出去写生。"

方哲无奈地笑了。

"那你是答应了吗？"小菡问他。

方哲点了点头："不过，明天的漫画作业不能忘了。"

"哇！太开心了！"小菡开心地跳起来，"那我们现在就商量一下明天去什么地方。"

方哲用铅笔点了点她的鼻子："你认真画画，明天我带你去一个地方。"

　　小菡整夜都没有睡好，迷迷糊糊地进入各种梦境，身处水晶般透明的童话世界里，而方哲总在她身边，她一转身便能看到他甜蜜的笑容。

第十一章

蒲公英

　　方哲带着小菡坐公共汽车来到郊区的一个小农村。

　　两旁的道路正在拓宽，踩在泥沙上，小菡看着周围破旧的房屋，不理解这地方有什么好玩的。

　　方哲看着远处的田野，他告诉小菡，这里是他长大的地方，原来有更大面积的稻田，现在都用来建造工厂了。

　　"那你原来住的地方呢？"

　　"拆除了。过不了几年，这里的房子都会拆的。"

　　卡车疾驶而来，卷起地上的尘土。

　　"阿哲，你要带我去看什么呢？"

　　方哲拉起她的手："跟我走你就知道了。"

　　破旧的小学校园，粗壮的老松树笔直地耸立着，操场上的水泥已经开始脱落，几个男孩子在地上玩弹珠。

　　他们牵着手绕过教学楼。一条长长的小道上，绿荫遮蔽了阳光，走在里面很暗。一旁的教室里已经没有人了，写有"危楼"字样的牌子挂在每一间教室的门口。墙壁是绿色的，走近一看才知道是长出了青苔，破碎的玻璃窗上已经满是尘土。方哲透过窗子朝里面张望，像是在寻找些什么。

终于，他指着一间教室说："看里面。"

小菡朝窗子里看去，是一间破旧的画室，残缺的桌椅上还留有颜料，只是时间太久，已经分不清颜色；几块木头靠在墙上，也有的倒在地上。

方哲试着推了推门，竟然是开着的。他把门打开，对小菡说："我们进去看看。"

小菡刚想跨进去，一只大蜘蛛沿着蛛丝吊在她面前，黑色的脚还在不停地抖动。

"啊！"她大叫着躲进方哲怀里。

方哲拍着她的肩膀："没事，蜘蛛不会咬人。"

小菡躲到他身后，她不想进去了，这地方太恐怖了，她以前可从来没有遇到过这么大的蜘蛛。

方哲用竹竿把蜘蛛撩到一边，他看得出小菡惊魂未定，就让她在原地等着，不要乱走。

小菡说好。

等了好久，不见方哲出来，她踮起脚朝里面看了看，光线太暗了，看不见。

她也想进去看个究竟，于是深吸一口气，在确定门口没有蜘蛛后，她小心地走了进去。

方哲蹲在地上看着一块木头。

"小菡，你过来看。"

小菡蹲下身，才看清楚那些破木头原来是坏了的画架，上面依稀可以看到模糊的字迹：哲。

小菡猜测这是他小时候用过的。

"这里是我开始学画的地方。"

小菡抚摸着木头上的名字，原来他那么早就开始学画了，这些画具，他今天见到会是什么样的感觉呢？

一只黑漆漆的小东西从小菡脚边快速爬过。

又是一声尖叫，小菡抱紧方哲。

"小菡，不要怕，"他拍着她的肩膀，"我们出去吧。"

刚才玩弹珠的几个孩子站在门口。

"天哪，他们真的进了鬼屋！"

"你们看到什么了？"

"鬼长什么样？"

方哲笑笑，他告诉面前惊讶的孩子们，里面没有鬼。

"胡说，没有的话，她刚才叫什么？"一个男孩指着小菡。

"真的没有，不相信你们自己去看看啊。"小菡说。

他们走远了，留下在门口窃窃私语的孩子们。

小菡突然停下来："阿哲？"

"嗯？"

"你好像不太对劲。"

"就是想起了以前的事情。"

小菡不再说话，她不明白为什么方哲要带她来看这些东西。他们走着走着，小菡突然叫起来："看！好漂亮！"

是蒲公英，在长着野草的农田里，盛开着一丛丛白色蒲公英。

"原来你喜欢蒲公英啊。"

"是啊，"小菡跑过去，弯下身体，吹起蒲公英毛茸茸的绒毛，"你看，它们能随着风飘好远。"

方哲轻轻地抚摸着一株蒲公英，一阵风吹过，白色的蒲公英在手心散开，像是掉落在手中的雪花。

"总有一天，我也会像它们一样，自由地飞翔。"

方哲看着她："会的，想飞到哪儿就飞到哪儿。"

"到时候，你会像现在这样陪着我吗？"她站起身，眼睛定定地看着他。

"如果有需要的话。"

随着两人的关系越来越亲密，吴菡把自己与方哲的故事都告诉了非儿。

阳光穿透玻璃窗，斜斜地照射进来。

非儿耐心地听着吴菡的讲述："你们的感情就这样越来越好了？"

"是啊，一开始真的没有想到会这样。我以为像我这样蛮横的人，除了爸爸妈妈，谁都不会喜欢。阿哲甚至去参加我的家长会。那次，爸爸妈妈都没有时间，我就让他去了。他在同学们面前说是我的哥哥，并希望他们以后和我友好相处。同学们本来都不喜欢我，经过那次，就真的有几个女生和我说话了。"

非儿静静地看着小菡，她不知道，原来小菡曾经那么孤独。

她忍不住伸手摸了摸她的头："没关系，以后有我陪着你。"

小菡高兴地笑起来："你听我继续说呀。"

非儿点点头。

一个阳光明媚的午后，方哲依旧来给吴菡上课。

"小菡，这是我给你上的最后一节课，好好儿听讲。"

"最后一节？"小菡惊讶地站起来，"为什么？"

"不是一开始就说好的吗？我教你三个月。"

"为什么只有三个月？"

"我早就决定了要在今年去日本学习，就在下星期。"

小菡强忍着眼泪，终于还是哭了起来。

"小菡……你不要这样。"

"你要是走了，就没有人教我画漫画了。"

"会教漫画的又不是只有我一个人，你还可以请别的老师啊。"

"我不要！"

方哲看着小菡，不知所措。

她高兴的样子，他看了也会忍不住一起高兴；她兴奋地讲着一件事时是那么天真，使得自己的目光不舍得离开。他不知道为什么这么惹人喜欢的女孩子在学校里会没有朋友，他也总是为此担心，于是想尽办法让小菡高兴，不让她因为缺少朋友而难过。但现在，他让她难过了。

方哲递给小菡纸巾。她擦干眼泪，抬起头看着方哲："那好，我不拦你，你想去就去吧。只是，你要把这张画带上，每天都要看。"

她取下墙上的画。三个月前，就因为他的一句喜欢，她亲自去买了画框，把画挂到墙上。很少有人说她的画好看，即使再怎么努力画出令自己很满意的画，也不会有人夸奖。她从来就没有一个朋友，所有的同学好像都很讨厌她。而爸爸妈妈，无论他们怎样夸奖她的画，她都不会为之高兴——她从来都不知道他们讲的好话是不是真的。

方哲接过画："我会带着去的，也一定会完好无损地给你带回来。"

小菡点头："一言为定。"

她还以为事情就这样过去了，等到方哲回来，他们还能像原来那样。谁知，就在那天晚上，小菡妈妈拿着一沓画来到她的房间。

"这是什么？！"

翻开，是她的画，每一张都是方哲，都是他静的、动的、沉思的、微笑的或假装生气的样子。

"你翻我的抽屉？"她愤愤地说，第一次讨厌她的妈妈。

"妈妈动女儿的东西怎么了？你倒是说说看，这算什么，啊？我叫方哲来是给你当模特的？"

"我画他又怎么了？"小菡把画收好，又放回抽屉里，"以后请不要动我的东西。"

"你翅膀长硬了是不是？我这么多年白养你了吗？你小时候哪次不是我给你整理的房间？"

小菡不再理她，蒙上被子睡觉。

"幸好方哲已经走了，他要是不走，我也肯定会把他辞了。你以后不准再画画了。"

妈妈最后那句话，在小菡心里长久地盘旋着，像一个旋涡，把她卷到里面去了。不能再画画，这怎么可以呢？这样的话，和方哲的距离不就越来越远了吗？

她想，妈妈向来很疼她，一定只是闹着玩的。

"谁知道，第二天，她真的把阳台收拾干净，画画的原料和工具也都被她扔掉了。"小菡可怜巴巴地对非儿说。

非儿同情地看着她："你一定很难过吧。"

"是啊，好长时间没有和她说话。"小菡喝了口水，继续说，"冷战了两个星期，她终于同意我继续学画，但不同意请老师了。我自学，几乎没有什么进步。大学开学前，爸爸出差回来了，我就对他说要请老师。他说服了妈妈，只是有个条件，说我平日里脾气太坏，没几个同学和我关系好的，一定要在上大学的第一天就找到一个好朋友，这样才给我找老师。"

非儿总算是把事情弄明白了："那不是很好吗，为什么你又把新老师辞了？"

"他长得太难看啦！"小菡抱怨着，"我妈妈太过分了，为了防止类似的事情再次发生，竟然找了个长相那么难看、半天还说不出一句话来的人。"

"你找老师是学漫画，又不是看人家长得怎么样！"

小菡嘟囔着："我知道，主要原因是自己不会画了。没有阿哲在，我连最基本的练习都画不好，每次画画就会想到他，一想到他，再看看身边那位老师，反差太大了。"

"画不下去了吗？"

"嗯。"

非儿叹了一口气："希望他能早点儿回来吧。"

小菡撑着头看非儿："你说，你忻叔叔那张照片上的人真的是我吗？"

"我也不知道，我总以为是。如果你是她的话……你对以前的事情一点儿印象都没有吗？"

小菡想了想："这样吧，我今天回家就去问问我妈妈，看她是不是认识一个叫忻宇忧的男人。"

"千万不要！"非儿制止说，"我看你应该不是吧，那张照片上的女孩子看着可文静了。"

"我就说嘛，我从小就很调皮，才不会是呢。不过，你什么时候回去的话一定要带上我，我要去看看你说的那个忻叔叔究竟是什么样子。"

非儿苦笑。

天气越来越闷热，这天晚上，下起了雷雨。

非儿被风雨声吵醒，她起来开灯，看了看时间，是夜里一点。

突然一个响雷，好像把头顶的房屋都劈裂了。灯突然熄灭，非儿听到沈露的房间里传来了尖叫声。

她匆忙来到沈露的房间："怎么了？"

太暗，什么都看不见，非儿按了几下灯的开关，电已经被切断了。

她摸索着找到跪在地上的沈露。沈露的身体在发抖。

"天气冷，我去给你拿件衣服。"

"不要走！"沈露抓紧她的手，"我怕。"

"好，我不走，就在这里陪你。"

她把沈露扶到床上，把被子盖严实了。

沈露抱着她说："我又做噩梦了。"

非儿把她的头发撩到后面："有我在，什么都不要怕。"

"有个黑影说我就要死了，然后就打了好响的雷，我真的以为自己要死了。"

非儿拍着她的背："睡吧，那只是噩梦。"

"非儿，宝宝出生后叫什么名字好呢？"

"这个一下子可想不好。"

"你说"诗雅"好听吗？我想了很久了，诗雅，刘诗雅。"

非儿在心里问，为什么要姓刘？他配做这个孩子的父亲吗？

十一放假的时候，小菡邀请非儿到自己家里玩。

非儿打心眼儿里喜欢小菡，她是个非常可爱又乐观豁达的人，像颗开心果，有她的地方总是欢笑不断。虽然她有时候会很霸道，容易得罪同学，但相处久了，非儿渐渐习惯。小菡和同学发生口角了，非儿总是为她解释：小菡就是这样的臭脾气，其实她没有一点儿坏心。

时间过得飞快，没有人记得吴菡和沈非儿是从什么时候开始变得形影不离的。她们常在晚自修的时候去操场吹风看星星，偶尔在昏黄的路灯下看书，非儿看文学名著，吴菡看漫画杂志。她们各自讲自己的故事。非儿把那些从未对人提及的情感告诉吴菡，从念念到沈露，从忻叔叔到徐宾，她甚至拿出自己写了多年的日记本给吴菡看。

吴菡看完后得出一个结论："其实这个忻叔叔只是你用来倾诉的对象而已，你自己身在其中，看不明白，旁人一看就明白了。"

非儿没有说什么，这对她来说已经不重要了。她反而想起了徐宾。他现在怎么样了？还有那伙朋友，他们是不是又在什么地方打架了？

"在想什么？"小菡把头凑过来，"也和我分享分享啊。"

"我不辞而别，徐宾一定很伤心。"

"你还是多求佛祖保佑他别把你家房子给烧了。"

"又来了！不跟你开玩笑。"

非儿一走进小菡的卧室，就被里面的墙纸吸引了，飞舞的蒲公英点缀的墙纸漂亮得不可思议。

非儿问小菡："你也喜欢蒲公英？"

小菡抚摸着凹凸有致的墙纸："是啊，这是我最喜欢的花了，虽然根长在地下，但它们可以借着风自由自在地飞翔，太幸福了。"

"这也是我最喜欢的花，"非儿看着墙纸，神情黯淡，"我却不觉得它们幸福。我觉得它们很可怜，不能主宰自己的命运，风一吹就要离开根去流浪，无依无靠。"

她们坐在床沿，谁也不再说话。有家的人永远无法了解流离失所的痛苦，漂泊的人也永远不会觉得家是一种束缚。她们都是爱蒲公英的孩子，深深地爱着，并且相信，蒲公英的梦并非不可触及，缺少的只是等待。那些或近或远的结局，终会在某一个明朗的日子到来；那些离开的和留下的人，都会在你生命的轨迹上打上一个明艳的标记。

"你也向往飞翔吗？"

"不，我只是害怕流浪。"

她们默默地坐着，距离那么近，只要一个人稍微动一下，另一个就会感觉到。

小菡抠着指甲："非儿，我好羡慕你，一个人那么自由，没有人管你。"

非儿动容："其实你所谓的自由在我眼里就是流离失所。小菡，你这样才很幸福，有家人疼爱的孩子怎么能不幸福呢？而我，要是没有姐姐的话，我就像棵没有人要的野草。"

小菡抱着她："不难过，你还有我。"她看着墙上满满的蒲公英，想着要是能和非儿交换一下就好了——既然她们都喜欢对方的生活。

第十二章

两生花

几个月过去了，非儿渐渐适应了这边的生活。沈露为了养身体，终日挺着个大肚子不出门。

一个晴朗的下午，沈露正坐在阳台上晒太阳，突然接到电话，说是刘海顺留给她的那套房子要拆迁。她给非儿写了张字条，便匆匆离开了。

房子是绝对不能拆的，沈露心想，那里留有她和他最幸福的时光，怎么能说拆就拆呢？

她回到家的时候，已经有几个人在门口等着了。

一个高个子的男人向她走过来："请问是沈露小姐吗？"

沈露心里已经一团乱了，她没有听见问题，只是以坚定的口气告诉他们房子不能拆。

"沈小姐，这里要新建一条公路，您的房子正处于公路的中间位置，一定得拆掉。"

"这房子是我的，我说了，无论如何我都不会同意。"

"必须拆，请你支持国家建设。附近的人都同意拆房，现在就剩下你这一家了。西郊有新建的别墅区，比这儿的房子肯定要好，你可以去那里选择一套，我们的补偿很丰厚——"

"你不用说了，不拆！我人就住在里面，你们要拆的话，就连我一起拆！"

沈露说完就往楼上走去。

那个人还在下面喊："沈小姐，如果你一定要这样的话，我只能想别的办法了。"

沈露装作不理会他们的样子，但心里非常焦急。她锁上房门，静静地坐在桌前。

两天后，门被撬开了，闯进几个穿制服的男人。他们见到沈露挺着个大肚子，都傻了眼。

"你还是自己走出去吧。"其中一人说，"要是我们强制让你出去，万一出什么事就麻烦大了。"

他们在门口站了几分钟，见沈露不肯走，就走上去把她架起来。

沈露拼命地挣扎："我不走！我死也不走！你们不能拆我的房子……"她越喊声音越大，也更用力地推开抓着她的人。在背对着楼梯口的时候，她猛地一推，人是被她推开了，但由于用力过猛，她的整个身体向后倒去。

沈露意料到要发生什么，脸上露出无比恐惧的表情。

她听到惊叫声，然后后脑勺一阵剧痛。

所有人都还处在震惊中，他们看着血从这个女人的脑部流淌出来，顺着楼梯一直往下漫延。

鲜红的颜色触目惊心。

非儿看着墙上的日历，姐姐已经去了好几天，为什么还不回来？要是有事耽搁了，怎么连电话也不打一个呢？

她一想到沈露的事，心就开始乱了。打电话去也没人接，她决定，如果姐姐今天还不回来，明天她就要向学校请假了。

电话铃响了，非儿的心不由得提了上去。

"你好。"

"请问是沈非儿吗？你的家人现在在我们医院，请你马上来一趟。"

放下电话后，非儿心想，一定是早产了，要快点儿过去照顾姐姐才行。

坐火车是来不及了，她买了最早的机票，连夜赶到沈露所在的医院。

她找到了为沈露做手术的医生，向他询问沈露的情况。

医生把事情的经过说了一遍，然后叹了口气说："她刚被送进医院，情况就极不稳定，我们只好把孩子拿出来。虽然早产，个子小了点儿，但孩子很健康，是个女孩。"

非儿最担心的并不是孩子的安全，她问："我姐姐呢？"

医生摇了摇头："我们真的尽力了，但是她头部的伤太严重，再加上——"

"说结果！"非儿长时间没有睡觉，喉咙已经沙哑了，她声音一大，就像有把刀子横在里面似的，刺得生疼；眼前的事物变得模糊起来，她觉得自己的头变得好大好大，身体更撑不住了。当沈露的遗体被推出来的时候，她一阵眩晕，昏倒在地上。

从好遥远的地方传来模糊的声音——

"姐姐，我们一起，无论发生什么事，我们一起。"

"我们一起。"

像是回声。

"姐姐，我们一起。"

"是的，我们一起。"

不知在大雾弥漫中徘徊了多久，非儿隐隐约约看到前面有一个人影在向自己走来。

"非儿，姐姐要走了。"

"去哪里？"

"一个遥远的地方。"

"也带我去吗？"

"不，不能。"

"你不要离开我，姐姐说过要永远照顾非儿的。"

"非儿，人生的路太狭窄了，容不下很多人，最终你还是要一个人走下去。"

"姐姐不要走。"

"……"

"姐姐，你还在吗？在听我说话吗？"

一股香味钻到非儿的鼻子里。

"姐姐别走！"

她睁开眼睛，差点儿从床上滚下去。

"当心！"

一个熟悉的声音。

"允一？"

女孩子的脸渐渐清晰："是，是我。"

非儿发觉自己正躺在床上："这是哪里？"

"徐宾家。你在医院晕倒了，我们正好去接老鼠出院——他脚上被人砍了一刀。"

非儿把床边的人一个个看过来。

允一、许静、罗耀、老鼠，没有徐宾。

"你太累了，先吃点儿东西。"许静把一碗鸡肉粥递到她面前，"这是罗耀煮的，他煮的粥让人叫绝哟。"

非儿木讷地看着他们："你们不因为我突然离开而生气了？"

老鼠笑了笑："有什么好气的，徐宾现在也已经没事了，大家朋友一场，过去的也就过去了。"

"那我姐姐呢？"

所有人都沉默了，最后还是老鼠说："发生了什么事，我们都问清楚了。伤心不管用，你要先养足精神才行，现在要做的就是把这碗粥喝完。"

老鼠说："把身体养好后，只要你一句话，我们有仇报仇！"

许静狠狠地踹了他一脚。

没有人说话，没有人走动，时间像是静止了，只有窗外的鸟在叽叽喳喳地叫个不停。

非儿进入了一种无比宁静的状态，忘记了自己是谁、在什么地方、要做些什么。

这样很好，一切都消失了，什么都不用想。

但是这种状态并没有持续很久，一阵婴儿的啼哭声把她拉了回来，鸟叫声也被它打破了。非儿感觉到了张扬的生命，它比火更能燃烧。

非儿的视线转移到那个婴儿身上。

"我能抱她吗？"

"当然可以，她是你姐姐的女儿。"允一微笑着把婴儿抱给非儿，"非儿，你并不孤单，你还有我们，还有这个小宝宝 。"

非儿细细地打量着她的小外甥女，怎么看都觉得她像一个小怪物，一点儿也不像沈露。如果一个生命的到来一定要用另一个生命的离开来交换的话，非儿宁可不要这种宿命的轮回。

走了熟悉的，来了陌生的。

像是可怕的咒语。

沈露说过，若是个女孩，就叫她诗雅。

沈诗雅。

在徐宾家住了几天，却不见他本人，非儿终于忍不住问他去哪儿了。

没有人知道。

"那就是失踪了？"

"他毒戒了，那天出来后知道你去了上海，他把房子钥匙给了我们就走了。"

这是非儿几天来第一次主动开口说话，她又回到了小时候那个自闭的状态，这一次是在想她的姐姐。姐姐一直是最痛苦的，一直都是，她好不容易等来的幸福，只停留了一刹那，就又远远离开了。为什么命运这么不公？

非儿不断地回忆沈露，她像是走在一条圆形的轨道上，重复着没有尽头的路。

"我好累。"她看着镜子里的自己。

怎样才能忘记痛苦？

她想到酒。唯一喝醉那次，是徐宾带着她去的，喝醉的时候真的可以什么都不记得。

非儿找了一家偏僻的酒吧，坐在一个靠近角落的位子。

她以为这样就不会有人打扰。

可是她错了。

才喝了两口，酒瓶就被一只大手夺了过去。非儿没有看他一眼，重新去拿酒。那个人干脆把酒瓶摔在地上，然后把非儿拽了出去。

到了门口，光线肆无忌惮地照过来，非儿看清楚了那个人的脸。

刘海顺。

沈露的死，他也脱不了干系。

非儿愤怒地看着他。

"你姐姐的事情我听说了，但你这个样子有用吗？她看到你这样会开心吗？"

"不用你管。"

"我是不想管，但你是她妹妹，我不能不管。"

"你和我姐姐没关系了！要不是你，她也不会死！你现在来假惺惺地可怜我有什么用！"眼泪在叫喊声中夺眶而出，她需要发泄，

"为什么？她做错了什么啊？"

声音到了最后越来越低。

"对不起。"沉重的、发自内心的道歉。

"对不起？姐姐的命，你一句对不起就可以补偿？你的对不起远没有这个价值。"

"非儿，我对你姐姐……我真的不知道会发生这样的事……"

"你走开，我不想再见到你。"

刘海顺深深地吸了口气，又吐了出来，然后把一把钥匙和一张纸递给她。"这是给我女儿的房子，房子里有一张存着五十万元的银行卡。好好儿照顾她。"

非儿打开纸，上面写着一个她见过的地址：幸福街99号。

"你不要拒绝，这是给我女儿的。"

非儿冷冷地看着他走开，手里的纸被捏成一团。

幸福街99号，她确定这个地址是见过的，当年忻叔叔留给姐姐的字条上面就有着"幸福街99号"的模糊字样。

树叶间洒下碎裂的阳光，在路面上轻轻晃动着。

她们是双生的花朵，并蒂而开，荣枯与共。

非儿想笑，笑着笑着又哭了起来。

刘海顺这件事没有转移非儿的注意力，久久萦绕在她心头的悲痛并无消减。她还是想醉一场，爱过了，也痛过了，再痛痛快快地醉一场，然后学着重新面对新的生活。

她找了另一家酒吧，仍旧是坐在角落里。

要是时光可以倒退，要是所有的事情都能多一次重新选择的机会，那该多好啊！

"不要再喝了，女孩子一个人在外面喝酒很不好。"又是一个男人的声音，同样地，又拿走了她手里的酒瓶子。

连这么一点儿愿望都不让她实现吗？

她越想越委屈，然后"哇"地哭了起来。

"发生什么事了？非儿，能告诉我吗？"

非儿抬起头仔细看他，但灯光太暗，她怎么也看不清楚他长什么样子。

"你认识我？你是谁？"

"我是这里的调酒师。我叫忻宇忱。"

非儿差点儿忘记了呼吸。

她把他的话在脑海里回放。

"我是这里的调酒师。我叫忻宇忱。"

"……我叫忻宇忱。"

她再抬头看，仍旧看不清。

忻宇忱。他是说忻宇忱。他说他的名字叫忻宇忱。

没错，是这三个字。

那个在她幼小的心里一直居住着的人，现在在她面前出现了。

他离得那么近，非儿一伸手就能摸到他的手。

就在忻宇忱以为非儿已经不记得他了的时候，他听到非儿叫他："忻叔叔。"

"是的，你以前就是这么叫我的。"

"我还以为你已经不记得我了。"

"我在佑安那里见过你的照片。"

忻宇忱拍了拍她的肩膀："别这么伤心，没有什么过不去的坎儿。"

非儿闻到他身上的酒香味。

忻宇忱："你是不是遇到不开心的事了？"

她讲起沈露："姐姐像是棵仙人掌，全身长着刺，可以保护自己。遇到刘海顺之后，她怕身上的刺会伤到他，就把它们全拔了，但是刘海顺没有照顾好这棵没有了刺的仙人掌。"

"你也是棵仙人掌。"

非儿不明白："我？"

忻宇忱告诉她："你是一棵倒长着刺的仙人掌，所以每次受伤的都是自己。"

"为什么这么说呢？"

"两次见到你，你都是受了伤出现在我面前。"忻宇忱努力安慰，"叔叔这么多年和酒打交道，醉的时候比醒的时候多，却从来没有摆脱掉那些不想记得的事情。调整一下心情，你还要继续生活，还要做更多更重要的事。"

非儿站起身，做了一个深呼吸，她真的感觉轻松了许多。

"如果你遇到特别伤心的事会怎么样呢？"

忻宇忱想了想，说："我会先想到佑安。大人是不能任性的，因为还有小孩需要他照顾。"

非儿说："以后我也不能这么任性，因为还有小小孩要我照顾。"

她露出了久违的笑容，又想到了诗雅。那么久没有回去，她现在会不会饿了，正在哇哇大哭呢？"你就在这儿上班吗？"

"是的。"

"那我下次再来看你。忻叔叔，再见。"

她向忻宇忱要了手机号，就离开了。

天不再是灰蒙蒙的了，非儿眼角的阴霾被风吹散。当你想要的爱无法得到时，把你的爱送给同样渴望得到的人，那样会收获更多的快乐。

"以为幸福是遥遥无期的，其实它就停留在指间，被牢牢抓着不放。只要张开手，就会看到它从来都没有离开过，只是自己太粗心，把它忽略了。"

这是吴菡日记本上的话。非儿现在信了，是与否，只在个人的一念之间。她告诉自己，摆脱痛苦的方法并不是遗忘，而是坚强。沈露离开了，而她的路，还是要走下去。

徐宾家的大门敞开着，原来老鼠他们都在。诗雅正躺在摇篮里，所有人都围着她做各种各样的奇怪动作。非儿听到动听的笑声，她走近，看到诗雅的两只小手在欢快地摇摆着。

允一他们坚持留下诗雅，一来非儿要上学，不方便；二来他们人手齐全。非儿答应了，决定以后定期回来。

回上海之前，非儿再次去那家酒吧找忻宇忱。当心中的一切终于放下时，她再也不畏惧见到他了。

"忻叔叔，以前你为什么不肯见我？"

"因为我把自己的生活过得太糟糕了。"他指了指两鬓略微显出来的白发，"这几年的生活……实在不想让任何人看见。"

"忻叔叔，你到底经历了什么？怎么会变成这样？"

忻宇忱没有回答。

第十三章

共同遥望的日子

回到上海后，吴菡不停地追问非儿这几天去了哪里，非儿把事情概括了一下告诉吴菡。

吴菡原本非常生气，但听完之后，又转为对非儿的担心。她知道非儿身边没有其他人了，她从小是和姐姐生活在一起的。现在，她姐姐突然离开了，只留下一个刚出生的早产婴儿。她不能体会非儿的心情，但是她知道，非儿一定很不好过。

非儿只是淡淡一笑："你看我这样不是很好吗？"

小菡大喊："这才叫人担心呢！你要是想哭就别憋着，在我面前还强装什么？"

非儿一再告诉她："我很好。"

"才怪呢！"

小菡一个转身又躺到床上。

"你很不正常，沈非儿！"小菡摇着非儿的肩膀，怕她受打击太大，都不知道该怎么伤心了。

非儿很想证明自己真的很好，但面对小菡这样的脾气，她实在没办法："我说了我已经想开了。算了，你要睡这儿我也没办法，不过晚上别打呼噜。"

"你和你姐姐关系不好吗？为什么一点儿也不伤心？你还能笑得出来！喂，回答呀！"

非儿用被子蒙住头，不去理她。

回到姐姐租下的房子，姐姐却再也不会出现在里面了。非儿原以为真的可以听听叔叔的话，好好儿地为将来活着，但一蒙上被子，眼前晃动着的都是姐姐的身影。她第一次与姐姐见面的样子，姐姐抱着她哭泣的样子，姐姐说要永远照顾她时的样子……

夜晚下起雨来，非儿一个人跑出去坐公交车。她很迷恋那样的感觉，坐在座位上，看着车窗外起伏的人群，他们都与自己无关。她不希望到站，就想一直这样坐下去，没有终点，因为每一个终点都标志着另一个起点，一段崭新的忙忙碌碌。

车窗漏风，风夹带着雨点吹在脸上，有点儿冷。路边的灯已经亮起，她一个人安安静静，外面的灯红酒绿不会刺伤眼睛，耳机里传出的歌声却让她想落泪。她很想躲在一个不知名的地方沉睡，睡得暗无天日。

有的时候非儿会想，她是不是被下了诅咒，身边的人要一个个离去？感觉越来越苍白无力，越来越不知所措。不停地说要坚强起来，却不曾想过，当上帝要夺去一个人的某种权利时，是不留任何余地的。

她常常陷入深深的恐惧，怕希望变成无望，最终真正绝望。

然而，她似乎能看见那些善良的人在海市蜃楼般的城堡中微笑，不由自主地也想说一句祝福。

亲爱的。亲爱的。亲爱的。

重复地叫某个人，就像一种暗示、一种承诺。

之后，几乎每一节课，小菡都陪着非儿。

非儿开始向小菡讲述沈露，她的每一件事，她们对彼此的爱，像是一台循环的机器，每天都要反反复复讲好多次。小菡也能理解，死别的痛苦不是说没事就没事的，要换作自己，肯定也难以接受。她默默地陪着非儿，一起安静，一起吵闹。只要沈非儿还是沈非儿，她就愿意一直陪伴她。像是非儿身上有种魔力，硬把她吸了过去，想逃也逃不开。

非儿同样喜欢和吴菡在一起。她不知道为什么自己会变得这么爱说话，过往的记忆好像开始疯长，她要不断地重复倾吐才能缓解，如若不然，她的脑袋就会被挤破。

月光洒进窗户，安安静静。非儿放慢呼吸，倾听隔壁房间的声音，她似乎感觉到沈露还在。她要一直把她们之间的事重复地在脑海里放映，这样，沈露就不会离去。

她又听到遥远的地方传来依稀的声音。

"姐姐，我们一起，无论发生什么事，我们一起。"

"我们一起。"

非儿挣扎着从睡梦中惊醒，泪水从眼角溢出。

"姐姐，你要走了，是吗？"

她突然像个孩子似的号啕大哭起来。

小菡被深夜的电话铃声惊醒。

那头传来轻微的啜泣声。

她猛地挂上电话，摸摸自己快速的心跳："我的天，吓死了！"

查看了来电显示，是非儿。

她紧张地打电话过去，却没有人接听。

糟糕，不会是出什么事了吧？

换了件衣服，小菡蹑手蹑脚地出了房间，她看了看父母的房间，没有开灯。

像是在做小偷，摸着黑来到门前，她屏住呼吸转动门上的把手。

门开了，没有发出声音。

小菡舒了口气。

看到非儿家没有灯光，她站在门口，不知道要不要叫门。会不会出来的不是非儿，而是一群强盗？他们绑架了非儿，然后又把她绑架了……

最后她咬了咬牙，按下门铃。

灯亮了。小菡朝后退了两步，如果不是非儿，就马上逃跑！

听到开门声，小菡的脚几乎软下来了。

非儿眼圈红红的，披散着头发出现在她面前。

像是战场上已经筋疲力尽的战士终于看到了胜利的样子，两个人抱在一起，无力地坐到地上，大哭起来。

"小菡，很久以前，姐姐夜晚回家没有带钥匙的时候，我都要起来给她开门。刚才，我以为她回来了。你知道吗？我以为姐姐回来了。"

小菡抱紧她："傻瓜，我还以为你出什么事了呢。三更半夜的，就知道吓人。"

她们就这样抱着对方，直到天色渐渐明亮。

"我要回家了，被爸妈知道半夜出来就完蛋了。"

她们都还不够坚强，但是，因为人群里有了对方，便不再惊慌失措。

非儿来到沈露的房间，开始收拾一些用不着的东西。沈露走后，她所有的物品都按原来的样子摆放着。非儿总幻想着姐姐有一天突然就回来了，这样的想法总是挥之不去。昨晚又梦见沈露，告诉她要好好儿照顾自己和诗雅，非儿这才明白，姐姐真的已经走远了，再也不会回来了。

她把沈露的照片锁到抽屉里，照片上沈露的笑容还是那么明媚。

这段时间下来，非儿又瘦了好多，几乎就是皮包骨头了，整个人看起来轻飘飘的；脸上的骨骼突出来了，看起来有点儿吓人。小菡看着很是心疼："非儿，幸好风不大，要不然我就得把你拴在我身边了。"

正是吃饭的时候，非儿把小菡碗里的菜往自己这里夹："你都这么说了，那我就不客气了哟。"

小菡吸吸鼻子，做出很仗义的样子。"我们俩谁跟谁啊，这么做是理所当然的。"她咽了口白饭，哭丧着脸说，"其实这样也很好吃的。"

之后的生活一直比较平静，让非儿高兴的是，佑安联系上她了。

他们互相发邮件，告诉对方自己的生活，向对方倾诉所有的开心和不开心。非儿信中提及最多的是吴菡，而佑安信中常常出现"叔叔"。非儿终于知道了他们搬出幸福街99号的原因，是由于忻叔叔赌钱输光了所有的财产。他们现在住在只有几十平方米的旧房子里，房子一到下雨天还会漏水。

原来是因为这样，忻叔叔才不愿意见她的。他们之间的每一封邮件吴菡都会看，每次看完佑安的信，她都会说一句："有机会一定要见见这个暖男弟弟！"

非儿每次都笑着对她说："一定会见到的。"

大二开学那天异常地热，非儿在宿舍楼里擦了把汗，打开窗，眯着眼睛看了看天空。她在这个夏天已经把头发剪短了，但它们长得更快了，贴在背上非常难受。宿舍里的人还没有来齐，她从吴菡的一堆漫画书里随便拿出一本打发时间。

第一页是新人介绍。Eiffel，好奇怪的名字啊，埃菲尔铁塔？对于这个人的介绍很少，连中文名都没写，性别不明，年龄不详，只知道是美术学院免试录取生，第一次参加漫画大赛就以处女作《遇见》赢得了一等奖，是漫画界的超人气新星。文字旁边就是那张叫作《遇见》的画，画面的一大半都是大海，深蓝色的大海像是要把人卷进去一样，一个女孩子跪在沙滩边，俯下身看水中的倒影。

"觉得怎么样？"小菡不知是什么时候站到她身边的，非儿一惊，手中的书滑落到地上。

她把漫画书拾起来："吓我一跳。什么怎么样？"

"画咯。"小菡又翻到刚才那一页，"我是暑假里听到Eiffel这个名字的，最近红得很呢，甚至有人预言他会登上漫画界新的高峰。"

非儿摇了摇头，她对漫画是一窍不通的。

"《遇见》的画面只是一个模糊的意象，但很有震撼力。你要是看他其他的作品就会知道，这个Eiffel对线条的安排简直是完美。我决定从现在开始把他列为我的偶像，排名是——"

"停停停！"非儿知道吴菡又要一发不可收了，"我一点儿兴趣都没有。"

"好吧，我不说了。知道我来找你有什么事吗？"

"不知道。"

吴菡一把拉起非儿的手："跟我走。"

"不要啦，外面很热的。"

话还没说完，她就已经被拖了出去。

吴菡拽着她跑过种有高大树木的小道，温热的风很快吹红了她们的脸。

看样子是要去西教学楼，那里基本都是大一学生，她们去年就是在那里度过的。非儿想不明白，难道吴菡是对以前的教室依依不舍，所以还要去怀念一下"故土"，顺便洒几滴泪吗？可这不像吴菡的作风啊。或者是自己一直都没有发现，原来她还是个念旧的人？

非儿趁着吴菡转身的机会拉住她，问："你做什么啊？"

"进校的时候看到一个大一男生的背影，和方哲好像啊。"说完，她又朝前面走去。

非儿不知道吴菡什么时候变得这么容易捕风捉影了，方哲比她们大好多呢，怎么可能出现在大一的教学楼里？

她跑了几步追上去："你很无聊啊！"

吴菡不理她。

非儿大喊一声："吴菡，你站住！"

这么一喊倒还有效，吴菡当真停下了。

"干什么？"

"两种选择：一、现在马上走；二、我一个人走。"

"我人还没找到呢！"吴菡苦着张脸，像是非儿在欺负她似的。那么长时间没有见到方哲，突然看到一个熟悉的身影，小菡才不会这么轻易就离开。

"偷偷摸摸的，像小偷一样。我可没心情玩这套，先走了。"

吴菡忙上去拉着非儿："别这么不够意思。是方哲啊，我的方哲！"

"你不用脑袋想事的吗？他怎么可能在这里！"

两个人你一言我一句，身后突然传来一声"姐姐"。

看看看，被人发现了吧！还是个会套近乎的学弟，见了学姐就叫姐姐，这下糗大了。非儿想走走不了，吴菡的一只手抓着她不放。

"啊！非儿快看哪，我说的就是这个人。人家还真是懂礼貌。不过这么看就不怎么像了。"

非儿没有回头，小菡还在不停地说："这小子虽然不像阿哲，不过长得还是挺帅的。"

小菡！这家伙！

那个在非儿看来喜欢乱认亲戚的男生又不知好歹地叫了声"姐姐"。

一个小子突然冲上来朝着你叫"姐姐"，这也太莫名其妙了。他又叫了两遍，非儿觉得肉麻。

当她转过身看到那个人时，却不是那么回事了。太阳光很刺眼，非儿原以为看错了。她揉了揉眼睛再看，没错啊，那个穿着白色T恤、眯着眼睛对她笑的男生的的确确是忻佑安，他竟然考到这个学校来了！

才一年没见，佑安真是变了很多，和年轻时的忻宇忱有几分相似，而且一下子长得特别高，非儿要微微抬起头才能看清楚他的脸。

非儿张大的嘴巴慢慢合拢："原来是佑安哪，真没想到会是你。你怎么也到这个学校来了？"

"我知道你在这里，所以填志愿的时候就选择了这里。"他微微一笑，看着面前这两个惊讶的女生，"这里不是大一教学区吗，你们怎么会到这里来了？"

吴菡抢着说："路过，路过。"她才不能让非儿把刚才的一场闹剧告诉佑安呢。

非儿自然也不会揭穿，只是在佑安不注意的时候向吴菡使了个眼色。

之后的生活更多了些快乐，往往是三个人一起走在校园中。转眼又是几个月过去了，学校开始筹备运动会。

这天，小菡看见徘徊在教室门口的佑安。他正羞涩地站在门口，不时从窗口向里面张望。

小菡出去问他："来找非儿的吗？她刚才有点儿事情出去了。"看着佑安的样子，又忍不住好笑，"你红着脸做什么？"

她这么一说，佑安的脸更红了，他拿出一张纸给她："运动会的报名表，我想让非儿姐到时候去看我比赛。"

小菡接过报名表看了看："一千五百米？你这么厉害啊！"

佑安笑了笑："我先走了，麻烦小菡姐。"

"不要这么叫我！"小菡说道，"好像我有多老似的。直接叫我小菡就可以了。"

非儿正好从转角处走过来，看佑安窘成那样，她开玩笑地对小菡说："你少欺负我弟弟。"

小菡假装生气的样子："是啊是啊，我欺负他了。"

佑安忙为她解释："不是的，小菡姐没有。"

"你还叫我姐啊！"小菡不满地叫道。

非儿对他笑笑："快上课了，回去吧。"

运动会正式开始，非儿跑接力去了，小菡找了个树荫躲在下面。看着操场上活动的同学们，她难过地低下了头。小时候，每次运动会的时候，她都会好开心，总是最积极的一个，但同学们都不让她参加。

"吴菡参加的话一定会输的。"

"就是啊，她从来都不听指挥的。"

小菡有点儿讨厌小时候的自己——被家人惯坏了，什么都要做主，一遇到不顺心的事就会大发脾气。从来没有人愿意和她做朋友，那么多年她都是一个人心高气傲过下来的，每次只能告诉自己，才不稀罕什么破友谊呢，爸爸妈妈会给她买最好的玩具。她都不知道这样的生活什么时候才会结束，没想到遇见了非儿，那么包容她的女孩子，像是天赐的礼物。

一个漂亮的身影向她走来，地面上拖着个长长的影子。小菡抬起头，看到穿着运动服的佑安。

"怎么一个人坐在这里？不参加吗？"

"是佑安啊，我不想参加。"她撇撇嘴，"你的一千五百米什么时候开始？"

"接下来就是了。"

小菡站起身："那我们现在过去吧。"

看着佑安的头发在风中飞扬，一尘不染的白色运动服像在飞一样，小菡又想起了方哲。他在日本过得可好？什么时候回来？一起画漫画的三个月是她最开心的一段日子，每天放学都以最快的速度跑回家，一到阳台就能看到坐在淡淡的橘黄色夕阳中的方哲。

人群突然一阵骚动，小菡回过神来的时候，听到身边的女生担忧的叫声。她看向场内，佑安正坐在地上，双手抱着膝盖。小菡看不到他的脸，但看样子伤得不轻。她挤开前面的人群，向佑安跑去。

裁判老师在后面喊："喂，同学，比赛场地是不能进去的！"

小菡才不管他，她跑到佑安身边，蹲下身问他："怎么样，还能走吗？"

佑安勉强地笑了笑，说："没事的。"

这时老师已经走了过来："同学，你先扶他去医务室休息。"

小菡点点头，扶着佑安向医务室走去。

看着医生为佑安包扎，小菡在一边指手画脚："医生啊，你轻点儿行不行，你这样人家会很疼的。"

医生忍了很久，终于瞪了她一眼："你要是行的话你来！"

佑安说："小菡，我不疼。"

小菡不再说话了，静静地看医生把药水涂到佑安的伤口上。

一个女孩子探着头出现在医务室门口："请问，我可以进来吗？"

医生一边忙着手里的工作，一边说："进来吧，什么事？"

女孩子看了看佑安，问道："你的伤要不要紧？"

小菡诧异地看着她："你是谁？"

"我同学。"佑安替女孩子回答道。他又对女孩子说："谢谢关心，我没什么。"

女孩答应了一声，红着脸说："那我先走了。"

医生笑道："小伙子不赖嘛，那么多女生关心。"

佑安低着头，倒像个犯了错的小学生。

处理好伤口，他们没有回操场，又到了之前的树荫底下。

"真是不小心，怎么会摔了呢？"佑安的膝盖上红红的一大块，小菡不由得心疼。

"没事的。"

佑安不知道说什么好。过了很久，他问："我受伤的事能不能不告诉非儿姐？"

小菡说好，又说："但是，你走路时总看得出来的呀。"

佑安站起来走了几步，他勉强挺直了身体，样子和平常走路时几乎没有什么区别。"你看我这样走可以吗？"

"好了，佑安，坐下休息吧。"

佑安在她身边坐下，欲言又止的样子。

第十四章

孩子们的私奔

　　佑安在学校里似乎很受女孩子的喜欢，他为人太过害羞，为此常感到窘迫。非儿想了个办法。

　　几天后，校园网站的论坛里出现一个帖子，标题是"我的初恋女友"，署名忻佑安。才一天的时间，帖子点击率高达两千，还有几百多个跟帖，大多是些祝福的话，也不乏呜呼哀哉痛心疾首大叫老天不公为什么忻佑安看中的不是自己的人，还有不认识的人打听吴菡和忻佑安是何许人也。

　　"第一次见到吴菡，我就知道她是个与众不同的女孩，一种从未有过的感觉久久萦绕心头，像是等待了无数个日日夜夜，终于见到我命里的那个人。而在这之前，我只是个什么都不知道珍惜的人……"

　　吴菡坐在电脑前，看着这些肉麻的语句，原本握着鼠标的手捏成拳头，脸上的表情也越来越难看。

　　这些话当然不可能出自忻佑安那个腼腆的男生，那么剩下的就只有一种可能。

"沈非儿！"

一个晴天霹雳打醒了睡梦中的非儿。她打了个哈欠，看到吴菡怒气冲冲地站在面前。

"什么事啊？先让我睡个回笼觉嘛！昨晚很晚才睡的呢。"

明知自己要遭殃了，非儿还是装出一副"我什么都不知道"的神情，能拖延一刻是一刻。

"昨晚那么晚睡，你干什么事去了？快起来，我们速战速决！"

看了看吴菡的神情，非儿告诉自己千万镇定。

"别这样，先让我睡一会儿。"

非儿昨晚熬夜写了帖子，到现在还睡眼蒙眬的。

"你再不起来我就动手了！"吴菡誓死要拼个你死我活。

"我是不想让佑安老被人缠着啊，告诉大家他'名草有主'了，让她们好死了心。"

"那你就忍心毁我名誉？更何况是那么恶心的话，你要写也别写得那么肉麻啊。"

"你那个方哲又不在身边，怕什么？"即便自知理亏，非儿也要硬着嘴皮子。这么做佑安是默许的，她在心里对自己说："非儿，你就向自己的良心道个歉吧。"

想到方哲，小菡就更不开心了。她是有点儿喜欢佑安，但方哲才是她一直在等待的人啊。

"沈非儿，你……"

看着非儿油盐不进的样子，小菡败下阵来。

吃饭的时候，在小菡的强烈要求下，她们一起买了饭菜，在食堂找了个并不起眼的地方坐了下来。

　　吴菡艰难地啃着一块鸡肉，心情郁闷。要是以后一直要这样"破帽遮颜过闹市"躲避佑安的话，岂不是像坐牢一样！

　　小菡想得太入神了，以至于没有察觉到佑安正端着餐盘向她的座位走来。

　　他把餐盘放在吴菡对面。

　　"我可以坐这儿吗？"

　　吴菡嘴里的鸡肉"啪"的一声掉到碗里。她看了佑安一眼，端起汤咕噜咕噜一口气喝完了。

　　佑安看呆了，他很少看到女孩子这么喝汤。

　　"你看什么看？"吴菡也意识到在一个男生面前这么做甚是不雅，但这是化悲愤为食欲！她恨不得再喝一碗下去！

　　正这么想着，佑安真的问她："还想要一碗吗？"

　　她愣住了。

　　佑安笑着端起碗："我再去盛一碗。你要番茄多一点儿，还是鸡蛋多一点儿？"

　　"蛋。"

　　她看了看在一旁偷笑的非儿。

　　"他很细心。"

　　"当然啦，他是我见过的最细心的男孩子。"

　　这时佑安把汤端过来了，还不忘提醒一句："小心烫。"

　　假戏真做的例子向来不胜枚举，非儿看出了佑安的心思，觉得吴菡难逃此路。

佑安得知吴菡喜欢漫画，就在这方面特别留意，宁可省吃俭用，也要给她买喜欢的漫画书。非儿为了让佑安不为钱的事情而操心，就叫他退了租来的房子，搬过去和她一起住。

时光如同坐在云霄飞车上一般，飞速滑过，刹那间，又一个学年快结束了。

"啊！"吴菡一声大叫，把非儿和佑安都吸引了过去。

"怎么了？"

"Eiffel 出版了他的第一本画册《晨露微晞》，收集了他两年以来的漫画习作；还有签售会，就在上海举办，我一定要去！"她开始手舞足蹈地考虑那天要穿什么衣服，梳什么发型，见了他要说些什么。

佑安看了日期，不由得皱眉："是星期二，我们要上课。"

"不管，我装病逃课都得去，那是Eiffel耶！好期待看到他长什么样子。"

她大义凛然地挥了挥手："我豁出去了，逃课！你们去不去？"

佑安说："我陪你去。"

非儿想不到做事一向谨慎的佑安竟然会答应做这种蠢事："佑安，你也要陪着她胡闹吗？"

"非儿，那你是不准备去了？"

"我对那铁塔没兴趣，如果是去法国看看真正的Eiffel Tower（埃菲尔铁塔），那倒可以考虑考虑。"

小菡紧握着拳头大叫："'铁塔'！你不去也就算了，别这么说他，会引起公愤的！"

非儿知道小菡的个性，自己一定没办法阻止，也就随他们去了："不和你争了，想去就去咯，不逃课的大学是不完整的。"

星期二，非儿回到家时，佑安也正巧回来。

"玩得开心吧？"

佑安告诉她，那个Eiffel自始至终只顾着埋头签名，小菡想上去看一下他长什么样儿，被保安拦住了。尽管这样，小菡还是很高兴。

刚要吃晚饭，电话就响了。

是小菡的妈妈，她请佑安晚饭后过去。

挂上电话，非儿陷入了沉思，佑安心中忐忑。

小菡房间里又有东西被扔出来，这次是她的教科书。

在得知妈妈打了电话叫佑安来之后，她就不断地往外面扔东西。她厌恶别人这样牢牢地监视着自己的一举一动，即使是自己的妈妈。小菡不明白，为什么每次做什么事妈妈都会知道。

小菡的妈妈在门口喊："你要扔是吧？好啊，扔啊，把书都扔光好了，然后就不用上学了，整天吃饱了就顾着谈恋爱好了……"

她的声音清晰地从门外传进来。小菡用力摔东西，只想让自己听不到她尖锐的声音，但是无论多么用劲地砸，都能听见那些话语。

直到门铃被人按响，小菡知道是佑安来了。

小菡妈妈看到非儿也来了，先是吃了一惊："哟，沈同学也来了。"然后她的眼睛就开始盯着佑安，每一个细节都不放过。

佑安低着头，连动都不敢动一下。

"小菡，你带沈同学去你房里。忻同学，我有事和你聊聊。"

非儿刚开始还不愿走，之前已经见识过小菡妈妈，她不太放心把佑安一个人留在这儿，但小菡还是硬把她带走了。

两人肩并肩坐在小菡的房间里，非儿说："刚才你和你妈妈吵架了？"

"嗯。"

"她不会同意你和佑安在一起的吧？"

小菡哼了一声："从小到大把我管得死死的，这一次，她想都别想！"

非儿看着她坚定的样子，心中不由得担心。

在回家的路上，非儿看到佑安脸上写着大大的难过。他说："她查过我的背景，说就我目前的情况来看，连自己都照顾不了。"

非儿把头扬起，感受着清凉的风："我们都还年轻呢，急什么。"

轻风吹拂过少年的脸颊，带着些温热的湿气。佑安开始编织一个会飞的梦，送给一个想飞的女孩。梦会不会还没来得及开始，就已经破裂？

万家灯火分外炫目，宛如晨光中熠熠生辉的黑眸。又有谁沉沦进了谁的诺言？

火车隆隆地喘息着，在这个安静的夜晚，策划着一场惊心动魄的逃亡。

那年的春末，佑安带着小菡离开了，去寻找小菡心中蒲公英的梦。就在那一瞬间，它不再是那么遥不可及了。

没有人知道他们去了哪里，非儿也不知道。在小桥流水的村庄，在花开遍地的田野，抑或在青草离离的大草原……去任何地方都不重要了，他们在一起，就拥有了整个世界。

一个人的生活又变得荒凉起来，重重叠叠的落寞，让非儿如同置身于一张无形的大网中，只有儿时的些许回忆和诗雅稚嫩的声音能唤起她嘴角微微上扬的弧度，那些声音，如同呓语。

房间里还留着吴菡喜欢的漫画书。

Eiffel。

吴菡说这个名字的含义是：他对画画有着像铁塔一样的坚固的信念。

非儿一遍遍念着这个名字。对于自己所钟爱的人、事、物，每个人都有比铁塔更坚固的信念。

小菡的父母很快就找到了非儿。小菡妈妈已经哭得不行了，跪在地上苦苦诉说着要找到自己的女儿。非儿无奈地看着他们，忍不住想帮他们，但是她真的不知道小菡和佑安去了什么地方。

小菡的父亲是一个开始发福的中年男人，头顶的头发也脱落了不少。他红着眼睛搀扶着他的妻子，可自己的身体几乎都要摔倒了。

非儿把小菡的妈妈扶到椅子上，给他们倒了两杯水。她拖着沉重的步伐在他们的对面坐下，像是要开始一场谈判。

"对不起，我真的不知道他们去了哪里。"

"沈同学，我求求你，平时就你跟小菡最要好了。你告诉我们吧，她到哪儿去了？她已经被学校勒令退学，我们不能看着她自毁前程啊！"非儿听着她沙哑的声音，消除了之前对她的反感，转而变成同情。一个女人没有了女儿，痛苦的她是那么轻易地就博得了别人的同情。

小菡的父亲疲惫地看着非儿："我们听说了，和她一起走的还有一个男孩子。我们是不懂你们这些孩子现在都在想些什么，但是做父母的心里头着急。她这会儿过得怎么样了，是不是饿着了、冻着了，我们都想要知道。你说，一个女孩，跟着个男生跑了，这事儿能就这么算了吗？"

刚刚有点儿好转的小菡妈妈又号啕大哭起来："你们把我女儿还给我，我就这么一个女儿啊，虽然她不是我们亲——"

非儿猛地抬起头来，质疑地看着她。

小菡妈妈意识到说错了什么，忙改口道："她从小到大没吃过苦，我们一直都对她那么好，她怎么会离家出走呢？"

非儿皱着眉看着神志混乱的她："你不要着急，他们没事的，也许很快就回来了。"

小菡妈妈腾地站了起来，指着非儿说："我会告你们的，是你们把我女儿拐跑了。"

她停顿了一下，又补充说："我一定会去告你们的。"

非儿冷静下来，想了想，说道："吴阿姨，我也可以去告你们拐卖人口。"

"你说什么？！"小菡妈妈歇斯底里地叫起来，"你这个神经病，小菡是我女儿，她是我的！"

非儿原本只是猜测小菡可能是他们收养的孩子，但看到小菡妈妈现在的神情，她几乎可以肯定了："小菡不是你们的亲生女儿，对不对？"

夫妻俩顿时面无血色。

非儿说："我想知道事情的原委。"

吴先生叹了一口气："我们刚见到小菡的时候，她才两岁。她妈妈从别的城市过来，身无分文，孩子都快饿死了。我们见着觉得可怜，就收养了小菡，但是她的母亲送到医院不久后就病死了。小菡就是因为知道这个才走的吗？"

"不是。她把你们对她的好当作束缚了，现在有人带她逃离，她求之不得。"

小菡妈妈哀叹道："我们对她好，这样都错了吗？"

吴先生似乎松了一口气："这么说，小菡还不知道自己是被领养的？"

非儿点了点头，说："你们放心，她不知道。"

她看着眼前伤心的夫妻俩，只能希望小菡快点儿回来。

这是两个孩子流亡的故事的开始。

北上的火车，形形色色的人。

小菡看着车窗外茂盛的鲜花、野草和偶尔出现的泥土房子，感到格外新奇，快乐盖过了刚离开家门时的担忧。

她的脚边是两个轻便的旅行箱，他们出来得很匆忙，没有带多少东西。看到从身边走过的人拖着沉重的箱子，她一脸坏笑。

"笑什么呢？"佑安变魔术似的在火车的小桌子上放了几块巧克力。

小菡剥开包装，把巧克力放进嘴里："我看他们带了那么多东西，多累啊。"

佑安笑看着小菡。他刚认识她的时候，心里就有说不出的喜欢，好像她是认识了很久的朋友一样。看见小菡大笑的样子，他会忍不住一起笑。所以，当她不开心的时候，佑安就想办法让她高兴。他知道这样做会让很多人伤心，小菡的父母也会非常着急，但是给小菡快乐的愿望是那么强烈，使他不得不这么做。

"佑安，我们为什么要往北方去？"

"非儿姐说，她很小的时候在北方生活，那里有好多好多蒲公英。"

小菡笑着把头靠到佑安的肩膀上："谢谢佑安，谢谢你肯带我出来。我从小就想去好远好远的地方，像小鸟一样自由。现在终于逃出来了，没有人再管着我了。"

"那我们什么时候回去呢？"

"不回去了，走得越远越好，去一个没有人认识我们的地方。我看，就找一片大草原，我们去做牧羊人，每天带着好多羊去吃草。"

佑安惊讶极了："真的？你决定就这样了吗？再也不回去了？"

小菡看着他紧张的样子，笑了："看把你吓得，当然不是啦。我们看着办吧，玩够了就回去。佑安，外面的世界一定很美，你说是不是？"

"是。"

暑假的时候，非儿决定回去看看忻叔叔。

她不止一次问自己，为什么会有这样奇妙的事情发生呢？明明是没有任何关系的永远都不会有交集的人，竟然就那样遇到了。

非儿甚至在想，即便他不出现，是不是又会有另一个人，一样在她心里住上好久好久？等过了好多年，她渐渐明白过来，或许每个人的成长过程中，都有两个必不可少的人，一个跟她的姐姐一样，帮助她学会爱和坚强；一个跟忻叔叔一样，教她勇敢地去面对生活的不可理喻和命运的翻来覆去。

　　忻宇忱病了，过度的操劳和慌乱的生活让他日渐消瘦，连下床走动的力气也没有了。那个英俊的忻叔叔只能存在于非儿的记忆中了，他的脸上已经长出皱纹，眼睛也深陷下去了。

　　非儿坐在床边，数他的白发。

　　"忻叔叔，我数不清。"

　　忻宇忱干咳了几声说："老了，很快就要满头白发了。"

　　"我带你去医院，好吗？"

　　忻宇忱摇了摇头。

　　"你病了。"

　　"我知道自己的情况，不用去医院，和你说说话就好很多了。对了，佑安跟你有联系吗？他打来电话，说自己压力很大，想休学，我真的很惊讶。不过，我尊重他，还是帮他办了休学。不管我怎么说，他都不愿意回来，后来甚至不接我的电话了……不知道他现在在做什么，钱够不够花……我这个做叔叔的太失败了，从来没关心过他在想什么……他一定是在怨我吧……"

　　非儿的心里非常难过。没想到佑安对忻叔叔撒了这样的谎，她更加清楚地意识到了佑安和小茵离家出走的行为有多么不可理喻。她不可能让忻叔叔知道，佑安带着一个女孩子到了他们不知道的地方，于是只能沉默不语。

一时间，屋子里只剩下忻宇忱咳嗽的声音。

过了一会儿，忻宇忱叹了一口气，颤巍巍地从枕头底下拿出一个东西。是那只非儿保管了很多年，后来通过佑安还给了忻叔叔的手镯。

忻宇忱虚弱地说："非儿，这早已是你的东西了，留着吧，别再还给我了。"

非儿接过手镯，问道："忻叔叔，这对手镯真的是独一无二的吗？世界上就这么一对，是吗？"

"那是我亲自画的图稿，然后拿去打造的，就这么一对。"

"你弄丢了的那个人和我一样今年二十岁，是吗？"忻宇忱的目光变得清晰起来，他沉默良久，然后点了点头。

"大一开学那天，我遇到了一个叫吴菡的女生。她身上也有这样一只手镯，而且是从懂事起就一直戴着的，但小时候的事她不记得了。"

忻宇忱的表情变了，喃喃地叫着："吴菡、吴菡……"

"小菡是被人收养的。她的亲生母亲带着她到上海不久后就……病逝了。"

忻宇忱怔怔地看着前方，半晌，哭了："死了……她死了。非儿，给我讲讲小菡的事情吧。"

"小菡是个非常活泼可爱的女孩，她很聪明，以前脾气不怎么好，所以身边朋友不是很多，但现在已经好多了。她喜欢漫画，也会画漂亮的画，最近喜欢的一个画家是……哦，叫铁塔！"

忻宇忱似乎强忍着什么情绪："我知道她一定会是个好孩子。"

"叔叔，你怎么了？"

忻宇忱的脸色更苍白了，看得出，他很痛苦，很伤心、懊恼、悔恨。他叹了一口深长的气，望着天花板，说出一句让人震惊的话："她是我的女儿。"

非儿瞪大了眼睛。

忻宇忱继续道："我年轻时做了错事，让很多人痛心，但那已经不能挽回。那年我在巷子里看见你，就想起了我的女儿。你看上去要比实际年龄小，让我产生了错觉，以为是她回来了。"

非儿流着泪，静静地听着忻叔叔讲述那些藏在他心底的过往。"我和小菡的妈妈试着逃离过，我们以为躲开家人就没事了。我的哥哥嫂嫂来找我们，在路上出了车祸，只留下才一岁的佑安。这是报应，我做的错事，却要我的哥哥嫂嫂来承担后果。我悲痛之下离开小菡的妈妈，带着佑安来到了这里。我谁也对不起，我就是一个罪人。"

忻宇忱的脸上有依稀的皱纹，满面泪水的他看起来像一个老者，在往事面前痛哭流涕。

非儿不知道该怎么安慰他，她自己都处于恐慌之中。她只有一个想法，就是快点儿找到佑安和小菡。

非儿僵在忻宇忱身边，看着他干瘦的身体瑟瑟发抖。

"非儿，以后你不用再来看我。若是佑安问起，你就说我去了很远的地方，不会再回来了。他和小菡是你的弟弟妹妹，你要多多照顾他们。叔叔唯一的愿望就是你们三个孩子都能过得幸福。"

"叔叔放心，我会好好儿照顾他们的。"

忻宇忱点点头，闭上眼睛，仿佛睡着了，脸上挂着温暖的笑容。

那个暑假，非儿永远地告别了她牵挂多年的人。

有的人在一个人的生命中只出现了几次，但他们的重量是无法代替的。非儿知道叔叔累了，要休息了，而自己的肩上还有很多责任。她有诗雅要照顾，还要找回她流落在外的弟弟妹妹。

第十五章

重逢

回到上海后，非儿在各大网站上登出寻人启事。她期盼佑安和小菡有一天会看到，然后回到她身边。但是，她要怎样把事情的真相告诉他们呢？

好安静好安静，非儿觉得自己的生活已经停止了，身边一个人都没有了，她爱的人都离开了。

姐姐曾说，人生的路太过狭窄了，容不下第二个人，只能靠自己一点一点地走下去，等到岁月把人熬干了，人生也就结束了。

非儿不记得姐姐什么时候说过这样的话，想必是在刘海顺离开以后吧。

那么多年了，自己都像是漂泊无依的蒲公英，一阵风起了，就又要开始流浪了。走走停停，好多次以为就要停下来了，可以静静地生活了，身边有一个与自己相依的人；而蒲公英是停不下来的，只要还有风，就不能停下来。

开始时是一个人，最终还是一个人。

把诗雅带回来后，她请了一个阿姨照顾她，而经常把自己锁在房间里。她被大片的黑暗笼罩着，像是生活在一个空旷寂寥的坟墓里，连自己的声音都听不到。那是一个痛苦的深渊，非儿孤独得想大哭大叫，阴暗晦涩的回忆形成黑暗中黏稠的沼泽，吞噬着来往之人的性命。

非儿再一次跌进无休止的回忆里，如同陷入了轮回一般，不可自拔。

"小菡、佑安，你们在哪里？"

依旧音讯全无，像是流淌在沙漠中的水源，流着流着就没了踪迹。

每一个寂静的地方都能让非儿生出恐惧，她不敢留在家里，也不敢留在学校里。她是棋盘上的一颗棋子，做着别人部署好的斗争、厮杀、死亡。

非儿接到一家公司的实习通知，很小的文化公司，主要做的是儿童漫画，也做一些面向青少年的书籍。主编老宋很喜欢这个话不多的女孩子，非儿一进来，他就把手中的一部分工作交给了她。

"我们公司小是小，但是也有自己的实力。这个人以前是我负责的，接下来交给你。要是你做得好，毕业后就直接留在这里。"

非儿接过他手里的一沓稿纸，作者薇薇儿，似乎是小有名气的网络画手。

手中有事情做了，非儿不再像之前那么空虚。整部漫画看下来，非儿几乎被一股力量控制了，只想努力工作，她不知道这股力量是来源于画面还是来源于自己。

非儿生活的节奏变得有些紧张，她心无旁骛地认真工作，等到薇薇儿的《落英》顺利上市之后，才终于有了两天假期。她陪了诗雅一个上午，然后就想去书店转转。

走了一圈，的确也看到了《落英》，却摆在一个不太起眼的位置，非儿有些失落。

老宋打电话来说，画作其实是很好的，问题出在非儿没有好好儿地抓住市场的需求，包装广告之类都没有做好。好在老宋对她这段时间的努力很满意，还是决定让她转正。

非儿松了一口气，在书店随意转悠起来。

漫画书似乎更受欢迎，非儿看见放漫画书的书架周围围着好多学生模样的人。要是吴菡在，一定也会对她叽叽喳喳说个不停，告诉她最近又看了什么漫画杂志，了解了什么最新动态。

非儿下意识地向那边走去。

书架一侧贴着漫画销售排行榜。

第一名,《晨露微晞》。

作者，Eiffel。

她笑了笑——连自己都没有察觉到的微笑。她想起自己跟吴菡争论Eiffel和Tower时手舞足蹈的样子，小菡是那么认真地维护着她的偶像。

非儿很快就被一张巨大的海报所吸引。漂亮的黑色字体，天才少年漫画家Eiffel年度倾力之作——《遥望蒲公英》。这是个很吸引她的名字，她留意了一下，刚才几个学生手里拿着的正是这本漫画书。她也随手抽出一本，单是封面就很夺人眼球，非儿禁不住伸手去抚摸。

第一页是一份详细的作者介绍。

英文名：Eiffel

中文名：徐宾

......

非儿愣住了。徐宾，那个铁塔是徐宾？他是从什么时候开始改画漫画的？那个在非儿心中几乎已经打上封印的人，开始苏醒了。

她记得他曾经说过："漫画对我而言，只能用来哄女孩子。"

非儿低笑着翻开手里的书：

那年的记忆中满是蒲公英和萤火虫，

你的微笑明净如小河里乍起的波光，

你皱着眉说不懂我的画。

那我为你画一个故事，

一个有你有我，

我们所熟悉的故事。

这样，你能看懂吗？

开卷语分明是写给非儿的。

那些故事变成华丽的色彩、柔美的线条，铺成一个梦境，梦境里是漫天的蒲公英在风中摇曳。

书店里的人们看着这个女孩子对着手中的书流泪，有好奇的人走过来拿起一本同样的书，惊奇地发现这个女孩子好像漫画中的女主角。

《遥望蒲公英》是一炮而红的，销售量飙升，连续好几个星期呈直线上涨趋势，位居漫画排行榜首位。从前不知道徐宾的人甚至不敢相信，这本漫画书的作者只是一个二十出头的青年。

晚上老宋有饭局，叫了非儿一起去，并说要介绍圈子里的一些朋友给她认识，以便今后更好地开展工作。

饭桌上，老宋把他请来的人一个个介绍给非儿认识。非儿兴趣不大，一直喝着白开水，她总觉得这看似热闹的气氛实则分外冷清。当宋编说到最后一个人时，她却猛地抬起头来看，因为那个名字让她着实吃了一惊。

"这是刘佳雨刘总，最近很红的Eiffel几乎就是她一手捧起来的，她可是圈内的大经纪人……"

非儿一口水正要咽下去，被活活地卡在喉咙里。她呛了几声，看到刘佳雨正坐在她的对面。

三年没见，却没有什么变化。

佳雨淡淡地笑了："很高兴认识你。"

非儿愣了愣，说："我也是。"

老宋看到非儿终于和人打招呼了，没有原来那么尴尬，他说："毕竟都是年轻人嘛，好相处。"

晚饭后，刘佳雨请非儿出去喝咖啡。

"你什么时候来上海的？"

"就你走后没多久，我爸爸说要到上海总公司去，就把我也带来了。"

非儿想到刘海顺，她已经不恨他了，实话实说，他是这世上为数不多的真心爱过沈露的人。

她想问这些年来徐宾是不是一直和她在一起，话到嘴边却又吞了回去。

倒是刘佳雨先说起他："你和徐宾还真是有缘，当初想办法叫你离开，其实就是为了让你离他远点儿。没想到，不久后，爸爸也让我来上海。我用了好长时间才说服徐宾跟我一起走，其中有一条很重要的理由：沈非儿也在上海。我给他找最好的老师，买最好的工具，一路陪他走来，就在他快要接受我的时候，你又出现了。"

刘佳雨的笑容消失了，不过，才一会儿又恢复了："他现在红得很哪！你知道他为什么要改画漫画吗？"

"就是喜欢吧。原来我不知道Eiffel就是徐宾，以前还在背后叫他铁塔，直到看了《遥望蒲公英》。"非儿没有发现佳雨的脸色很难看，"你知道他为什么要取这么一个古怪的英文名吗？真的像别人所说，是因为他对绘画的热爱如钢铁般坚不可摧？"

刘佳雨的脸色沉了下来："你这是什么意思？在我面前显摆？"

"你说什么？我怎么了？"非儿一头雾水。

"你装什么傻！改画漫画，《遥望蒲公英》，还有他的英文名，你以为我听不出来你是在夸耀徐宾对你的付出吗？但是我告诉你，这三年来陪他一起度过，在他身边鼓励他、支持他的人是我刘佳雨，而不是你沈非儿！"

"对不起。"非儿道了歉，又觉得自己没做错什么。

"对不起？对不起有用吗？自从徐宾用Eiffel这个名字画画之后，

我就知道他的心一直在你身上。Eiffel和埃菲尔铁塔一点儿关系都没有，他不是埃菲尔，是爱非儿！徐宾用这个名字画画，对所有人说他爱你，这让我有多痛苦，你知道吗？但是我从没放弃过，因为我是可以看懂他的画的人，而你不是。"

非儿呆呆地看着刘佳雨。

"徐宾很感激我为他做的一切，他说用《遥望蒲公英》和你道别，然后就会和我在一起。可是，你为什么要在这个时候出现？"

"你真滑稽。"非儿觉得她无理取闹，"感情的事情谁能掌控？别说三年，也许三十年也是这样。"

刘佳雨忽然站起来，把咖啡往她头上泼去。飞快地、没有任何余地地，黏稠的液体从脸上倾泻而下。

非儿愣住了，幸好咖啡不是很烫，但是粘在脸上和头上特别难受。

更让她意想不到的是，不远处有闪光灯对着她们亮了起来。刘佳雨说话声音太大，引来了正在附近采访一部电影拍摄过程的记者。

"刘佳雨，你是一个被宠坏了的孩子，从小要什么有什么，但你不能把这看作理所当然。要索取的东西越来越多、越来越贵重，一旦得不到，就只会使自己加倍痛苦。我有一个好朋友、好姐妹，她像你一样是被家人捧在手心里长大的，但她没有被惯坏，不会向别人索取更多东西。你今天的行为，我可以什么都不计较，只是，希望你以后不要再对我胡搅蛮缠了。"

非儿头也不回地走出咖啡馆，留下在原地目瞪口呆的刘佳雨。

第二天，一些网站的漫画版面出现新闻，说人气画手的女友兼经纪人在咖啡厅和一个不知名的女编辑争执，旁边还附有一张照片，幸好画面比较模糊，看不出非儿当时窘迫的样子。

正当非儿看着网站生气的时候，老宋拍拍她的肩膀，指了指自己的电脑。

非儿一眼望去，不知道是哪家网站的新闻，说的也是这件事。当她看到自己的名字时，不由得佩服起网站人肉搜索的能力。

"两人的口舌之争足足进行了两个小时，最后还是沈非儿凭借口头优势占据上风，但刘佳雨毫不甘心，竟拿起桌上的咖啡杯掷向沈非儿头部。在扭打过程中，两人双双倒地，情况惨烈至极，拳打脚踢无所不用。据知情人士透露，此次打架事件的起因还牵扯到当红漫画家Eiffel。众所周知，Eiffel与刘佳雨的恋情一年前就开始了，而因沈非儿的出现，他们的爱情产生了矛盾。刘佳雨本次出面原是与'第三者'和谈，没想到沈非儿在口才方面更胜一筹……"

非儿第一次领略到他们编造的本事，简直到了登峰造极、炉火纯青的境界。

老宋叹了口气："非儿啊，你也真是，怎么惹上这么厉害的人呢？我介绍你们认识是希望对你有所帮助的，她爸爸可是传媒界的大老板，我们惹不起啊。"

"是刘佳雨来找我的麻烦。"

老宋悠悠地喝了口茶说："人家还管你这些？"

非儿无所谓："就让他们说去吧，反正我也不是什么公众人物。"

老宋憨厚地笑了笑："不过有失必有得，今天早上我接到了一份稿子。"

非儿接过他手中的稿子，不由得一颤。

《第二次相遇》，Eiffel。

"他亲自给我的，点名要你来做。"

非儿收起稿子："我知道了。"

一个上午非儿都没敢去看稿子，而是垂头丧气地翻着网上的留言，不，是流言。原来徐宾和刘佳雨的事情早在《晨露微晞》出版时就闹得沸沸扬扬的了，他们共同经历了三年的风风雨雨，在别人眼里根本就是天造地设的一对，要多般配有多般配。非儿明摆着是第三者，什么乱七八糟的污言秽语都向她砸过来。

想到老宋的人缘似乎不错，非儿便问："老宋，你那里消息灵通吗？"

"什么意思？"

"帮我找两个人。"

他很快就答应了："行，我试试看。"

非儿把小菡和佑安的信息告诉了他。

定下心来之后，非儿翻开了桌上画稿的第一页："我心心念念奔赴而来的一场重逢。"

非儿不禁想起刘佳雨的话："我用了好长时间才说服徐宾跟我一起走，其中有一条很重要的理由：沈非儿也在上海。"

非儿看着窗外起伏不定的人潮，思绪万千。

之后的一段时间里，非儿总在担心徐宾会不会来找自己，而时间一天天过去，没有任何动静。

《第二次相遇》，第二次的相遇，近在咫尺，却又遥遥无期。

新书做出来之后，老宋安排了一个读者见面会。非儿原本不想去，甚至将她和徐宾、刘佳雨的过往都告诉了老宋，但老宋还是硬把她拉了过去。

那天天阴沉沉的，非儿心里像是压着块大石头似的，才走到门口，就有一个玻璃瓶从楼上窗口扔下来，险些砸到她。场面起了些波澜，但很快被保安稳定下来。

老宋面色沉重地告诉非儿："你不要太紧张，总是要见一面的。"

非儿早有心理准备，但走到台前的时候还是很犹豫。徐宾还没有来，刘佳雨已经在现场布置。

老宋介绍说："这是《第二次相遇》的责任编辑沈非儿。"

非儿一走到刘佳雨身边，就被一群人团团围住。

"沈小姐，你能先向我们解释一下和刘佳雨的争吵事件吗？"

"你对刘佳雨和Eiffel的恋情是否怀有不满？"

"你和Eiffel之前是认识的吗，还是只是炒作？"

非儿尽量去回答他们的提问："我和刘佳雨小姐之间只是误会，而且当时的情况远没有大家想象得那么严重。至于她和Eiffel感情上的问题，我更是不愿意介入。Eiffel是我很久以前的一个朋友，但因为好长时间没有联系，我对他的情况也不是很了解。如果大家想问这类问题，最好去问他们本人，对此我无可奉告。"

老宋的愁容略微舒展了，想不到非儿镇定自若，对答如流。

非儿环顾人群，在角落里看到一个熟悉的身影，虽然他戴着帽子，但非儿一眼就看出来了。

徐宾看到非儿的目光正对着他，于是抬起手竖了竖大拇指。非儿看到那张漂亮的脸先是惊讶，随之也忍不住对他笑了笑。

这一笑却使读者的注意力转向身后，人群中有人大叫："是Eiffel，是Eiffel！"他们一齐向徐宾拥去，场面一片混乱。

灯光就在此时全部熄灭，因为场地的光线不好，加上天气问题，周围顿时一片漆黑。人潮黑压压的，大片大片地涌动着，尖叫声四起。

保安马上维持秩序，但无济于事。

黑暗中突然打出一束光线，由人群移向讲台。

非儿看出来那是徐宾，他用手机的光线来照明。

"大家不要乱，我是徐宾，后勤工作可能出现了问题，请先安静下来听我说。"

下面果然安静多了，非儿也拿出了手机，黑暗中又多了一束光。

"请有手机或者其他灯光的朋友们拿出来帮忙照一下，读者见面会就这样进行吧。"

无数手机、MP3、小电筒等工具发出各种颜色的光芒，大厅里呈现出五彩缤纷的奇景。晃动的灯光中，非儿的目光始终不能离开徐宾，看他指挥有度的样子，她觉得他长大了、成熟了。过往的记忆也一下子全涌了出来。

一个读者反应比较快，抓住时机就问："Eiffel，你的名字一直备受争议，你从来没有说过它有什么含义。现在有很多人猜测，Eiffel是你和我们玩的一个文字游戏，你是要间接说三个字：爱非儿。这种猜测有没有什么实际意义呢？为什么她会突然成为你的新作的责编？"

这是一个大胆的问题，所有人都没有发出一丝声音，只剩下轻微的按键声。

灯光在沉默中游移。

非儿有些眩晕，她的额头沁出一层细密的汗珠，身体有些颤抖，她的手被突如其来的一个力量握住了。

几乎在同时，徐宾吐出一个轻微但十分坚定的字："是。"

全场哗然。

"那你对刘佳雨做何解释？"

"沈小姐，你对Eiffel持何种态度？"

"你是从什么时候开始爱上沈小姐的？"

"这么说来，刘佳雨才是第三者？"

非儿转过头，看到刘佳雨站在一边，一脸的失落。她想挣开徐宾的手，但徐宾紧紧握着她不放。

"我在认识刘佳雨之前就喜欢非儿，可是三年前她离开了，《遥望蒲公英》讲述的就是我和她的故事。在这三年中，我非常感谢刘佳雨对我的帮助。非儿从来没有做错什么，第三者更是无稽之谈。我和刘佳雨只是好朋友，这次向大家澄清此事，希望以后不会再有人用类似的问题来为难她。"

"你这么做有没有想过自己会遭人误解，比如说'脚踏两只船'？"

徐宾不做任何解释，他握着非儿的手说："趁此机会，我也想告诉大家一个决定，我从此不再画这个类型的漫画。《第二次相遇》是我最后一部对外公开的上市作品，这也算是我送给她的重逢见面礼。"

灯光重新亮了起来，所有人都抓紧时间拍下这一刻，闪光灯刺痛了非儿蓄满泪水的双眼。

站在前面的一个女孩子突然问："这次灯光事件是不是你事先准备好的？用手机的彩光来营造出浪漫气氛？"

徐宾只是笑了笑，不做回答，他低下头问非儿："我们出去好吗？"

非儿当然没有理由反对，她只想快点儿离开。

第十六章

谁是谁的谁

外面风很大。

徐宾牵着非儿的手一路跑，直到她跑不动为止。

"是不是很感动啊？"他把头凑到非儿面前，被非儿一把推开。

非儿轻笑："一点点而已。"

"那你哭什么？"他伸手帮她擦去眼泪。

"我有风沙眼。"

徐宾自嘲似的笑了笑："我差点儿忘了。"

他转而变得严肃起来："决定好跟我一起了吗？"

非儿摇头。

"都这么长时间了，还没想清楚啊？那你为什么要跟我出来？"他撇撇嘴，把身体靠在一棵大树上。

"你现在好歹是偶像了，我不想让你在那么多粉丝面前难堪。"非儿跑得很累了，她绕到树的另一边靠上去，两人背对着背，中间隔着一棵树。

她原本以为徐宾会恨她，因为当年的不告而别而恨她，但是他没有，反而为她做了这么多。

非儿深吸一口气，说："徐宾，你不该为我牺牲那么大。你好不容易才有今天，如果失去了刘佳雨的帮助……"

徐宾毫不在乎地说："这和你没关系。"

"你还是和以前一样。"

"已经收敛很多了。"

非儿走到他面前，扬起头看着他的脸。

"比以前爱笑了，眉毛变浓了，也不是娃娃脸了……"这样近距离地看着，非儿清楚地认识到，眼前的徐宾已经不是三年前那个还没有成熟的少年了，他的面部呈现出了非儿陌生的刚硬线条。

非儿玩心一起，轻轻地拉他的睫毛："很长啊，怎么保养的？"

"你别得寸进尺啊！"徐宾哭笑不得。

非儿暂停了在他眼睛上的胡作非为，问："你以后不画画，那想做什么？"

"搞园林建设。"他开玩笑似的这样回答她。

非儿不解地看着他。这时，她的手机响了。

"老宋……好，我马上就过来。"

"怎么了？你脸色很难看。"

"我要去公安局，我弟弟妹妹在那里。"

"你什么时候认的亲戚？"

非儿来不及解释，只想快点儿赶过去："别管这个了，先去了再说吧。"

"是你不走啊！"

非儿红着脸说："我脚麻了。"

徐宾二话没说就把她背了起来。

公安局门口，非儿老远就看到了一个头发蓬乱的女孩子。她的心痛了一下，知道那是她日思夜想的小菡，她一定在外面吃了好多苦头。

吴菡已经哭得泣不成声。她看到非儿，马上跑过去抱住她，重复地叫着她的名字。

非儿拍着她的背安慰她，其实自己的心里比她更乱，她不知道为什么佑安没有一起回来。

看到站在一边的老宋，她忙问："老宋，出什么事了？"

"具体的我不知道，我也是接到电话刚到的。听警察说，那个小伙子抢东西，被当场抓住。"

"佑安？他怎么可能做这样的事？！"

"可事实就是这样。"老宋摊开双手，一副很无奈的样子。

"我要去看看他。"非儿正要往里走，却被老宋叫住了："他谁也不肯见。"

吴菡的眼睛红得像兔子眼，抽泣着说："都是我不好，是我对他说肚子饿了，他才去的。"

非儿捏住小菡的手："什么都不要说了，回来就好，小菡乖，我们回家。"

吴菡呆呆地看着她："家？"

"对，家，我们的家。回去好好儿休息几天，别的都过去了。"

吴菡伏在窗台上，仰着头想看天空的星星，可是没有，一颗也没有。

和佑安在外面的一年时间，是她最开心也最痛苦的日子。因为出门时没有带上足够的钱，他们很快就为生活所迫。起初，他们找了份短工，但两个人都是没吃过苦的孩子，才几天就已经受不了了。他们正打算回家，却把身份证和手机弄丢了。接下来，他们风餐露宿，不知道怎么回家。直到佑安遇到几个和他差不多大的孩子，他们的"热情"和"关爱"让佑安觉得遇到了可以交心的朋友。不久，这伙人跟佑安说有办法赚钱，那就是去偷东西。刚开始佑安不同意，但因为心中义气作祟，加上他和吴菡需要填饱肚子，他也就照做了。

非儿从后面抱住吴菡的肩："佑安被判了两年。"

吴菡转过身，紧紧地抿着嘴。

"对不起，都是我不好，不该离家出走，是我害了佑安。"小菡的话语中满是深深的自责。

非儿安慰她说："你们回来就好。别担心，两年很快就过去了。"

小菡换了件干净的衣服，蜷缩在沙发上："非儿，我真后悔出去了。原来这个世界远没有想象中那么美好。什么自由，什么蒲公英的梦，都是骗傻瓜的。像现在这样才好呢，洗个澡，把自己整理干净，填饱肚子。"

非儿绕到她身后，靠着她的肩膀说："那你准备什么时候回家呢？你爸爸妈妈很想你。"

"先让我缓口气吧。"吴菡还没有足够的勇气去面对自己的爸爸妈妈。

非儿暗中叹气。小菡回到家最多被骂一顿,她和佑安的问题才是大麻烦。非儿要如何告诉小菡,忻宇忱是她的亲生父亲,又要如何解释佑安与她的关系?

非儿接连收到邀请函,请她去喝咖啡。对方是谁没有写明,自称是姓刘的老朋友。她每次都回绝了,生怕刘佳雨又在玩什么花样。毕竟,徐宾那么做一定带给了她不小的伤害。

连续一个星期,七张邀请函。非儿最后还是去了,事情总得解决。

仍旧是上次那家咖啡店,非儿透过玻璃一看,并不见刘佳雨,里面只坐了一个男人——刘海顺。

非儿看了看面前这个男人,他依旧是个很有涵养的人,举止从容有度,难怪姐姐对他死心塌地。

“找我有什么事?”

“别着急,先喝杯咖啡。”他说着拿起杯子喝了一小口。

非儿倚在椅子上,侧着头看墙上的画,她不喜欢喝咖啡。

“有其父必有其女,说不定,在我不注意的时候,你也会泼我一脸咖啡。”

刘海顺愣了一下,然后笑了几声。“非儿,你长大了,比以前有趣多了。”他把杯子倒过来,“看,我已经喝完了。味道不错,你先尝尝。”

非儿的兴趣完全不在咖啡上,她把整杯咖啡倒进身边的一盆植物:“可以讲正题了吗?”

"年轻人，做事别太心急。"他的笑容消失了，"沈小姐，我这次找你，是为了我女儿的事情。"

非儿明知他说的是刘佳雨，却故意说："诗雅她很好、很乖，也很懂事。"

刘海顺的身体微颤，想到诗雅，他是那么容易动容。

"不，不是她，你应该知道，我是为了刘佳雨的事情来找你的。"

"是，我知道，请说重点。"

"我知道这件事情我出面并不合适，但是你和徐宾对佳雨的伤害确实太大了，我从来没有见她那么难受过。"

"刘先生，这并非我们的本意。你应该知道，有些事情是不能勉强的。"

刘海顺叹了口气说："我也知道你们并不想让她这么难过，而且错不在你们。站在旁人的立场上，你也是受害者。但我是她父亲，我很疼爱我的女儿。"

非儿轻蔑地看着他："这句话应该改成'我很疼爱我的大女儿'。"

"我们先不谈私人恩怨，好吗？我希望你可以为佳雨做出让步。"

"我让她？"非儿气得提高了音量，"刘先生、刘老板，你就是这样爱你女儿的吗？事事都听她的意见，任她养成什么都以自己为主的习惯。她现在会这样，你也逃不了责任。要不是你一直惯着她，什么事都由着她，她现在就不会因为一点点的不满足而伤心难过了。"

刘海顺面无表情地看着窗外："沈小姐，这是我个人的问题，不是今天找你来要商量的事情。其实，我大可以用别的方法来帮助佳雨，但我不想为难你。于公于私，我都不该为难你，所以我们还有机会在这儿面对面地喝咖啡。"

非儿没有说话，等着刘海顺继续说下去。她知道，刚才对刘海顺说的话他并没有听进去。

"我给你一百万，请你离开上海。"

非儿冷笑："刘先生，你太高估钱的力量了。"

"那你以为我还可以怎么样呢？我没有要求你不和徐宾见面，这个我也阻止不了，但我希望今后你们尽量少见面。至少，让佳雨眼不见为净。"

"我可以答应你的要求，你也不用给我什么，这是看在姐姐的面子上。你要是有空，就多去看看她。"

非儿来到上海是因为他们父女，这次她愿意离开，是因为她觉得自己原本就不属于这座城市。她现在只想带着小菡和诗雅去一座小城市过安稳的日子。

刘海顺笑着点了点头。非儿并不知道，沈露的墓前每个月都会有一束红色玫瑰花。

吴菡坐在书桌前，精神涣散，她看上去很累、很憔悴，像是刚刚经历了一场大劫。

听到敲门声，她知道是非儿回来了。

"这是真的吗？"她没有看她，只是一遍遍地问，"这是真的吗？我爸爸说，我不是他们的孩子。非儿，你告诉我，他们在骗我，是不是？"

"他们没有骗你。"非儿几乎用尽了所有的力气，这句话太重，压得人喘不过气来。

"他姓忻，我也姓忻；他是忻宇忱的侄子，我是忻宇忱的女儿。"吴菡慢慢地陈述着，她站起来面对着非儿，她在笑，但那是非儿见过的最痛苦的笑容。小菡的泪水浸湿了脸颊，拿拳头捶非儿的肩膀。"为什么？为什么会这样？是老天爷要惩罚我吗？当初我不走的话，是不是就不会发生这样的事情？"

非儿抱住小菡。"不是发生与不发生的问题，而是事实就是这样。"她的喉咙像是被堵着似的难受，不忍心看小菡那么痛苦的样子，但是又不知道怎样安慰她，"小菡，不要这样，你哭出来会好很多的。"

吴菡果然放声大哭起来，像个迷了路的孩子，等到哭声到达一个高度，又慢慢轻下来。她泪眼婆娑地问："等他回来了，我要怎么面对他啊？非儿，一定是弄错了，我是吴菡啊，我姓吴，一直都是姓吴。我是我爸爸妈妈的女儿啊，怎么会是他们领养的孩子呢？"她抓着非儿的手，很认真地看着她。

"小菡，不要难过了。我们回去，回到你出生的那座城市。"

吴菡跌坐在地上，喃喃地说："骗子，骗子，你们都是骗子。"

非儿跪在地上，抓着小菡的手说："面对现实吧，小菡。我们离开这里，到一个没有是非争议的地方等佑安回来。听忻叔叔的话，我们好好儿地过，其他的事都别管了，好不好？"

小菡一把推开非儿："你要是我，会怎样？"

非儿问："那你想怎么样呢？"

小菡想了很久，说："我们离开吧。"

"我带你去我和佑安之前生活的那座小城市，那里有世上最好看的蒲公英，到了秋天，我们一起去看。"

吴菡沉默了很久，终于鼓起勇气笑了笑："非儿，有你在真好。"

对于上海这座城市，虽然非儿在这里生活了很长时间，虽然这里发生了很多事情，她却还是不能对它产生感情。

她来到这里，只是为了带走吴菡，只是为了再次见到徐宾。

幸福街99号，没有人知道忻宇忱当初选择这个地方是巧合，还是祈愿长久幸福。

吴菡一来到这座小城，心情就好转了："佑安可真幸运，在这里长大。"

"你也喜欢这里？"

"是啊，人少，安静，空气好。"

"非儿，以后我们就一直住在幸福街99号？"

"那你可要问诗雅了，她才是房主。"

她们一起看着诗雅："你让我们留下吗？"

小女孩兴高采烈地摇着手里的铃铛，咯咯地笑着。

虽然离开了，但非儿还是有点儿担忧：第二次不辞而别，徐宾会怎么想？非儿暗暗希望徐宾能够理解她的挣扎，她现在根本没有勇气和他在一起。

深夜，小菡挣扎着惊醒过来，抓着非儿的手，神情恐慌。她梦见小时候的事了，只有一点点模糊的记忆，背景颜色是灰暗的，像是被困在沼泽中。她看见了她的妈妈，那个与她只有过短短交集的弱小女人。

非儿抱着她，轻拍她的后背。

小菡吐出断断续续的话语。非儿知道，小菡的妈妈和沈露有着相似的遭遇，只是她连一点点幸福的曙光也没有看见，就被埋葬在黑暗中了。非儿为她难过。那个忻叔叔深爱过的女人，曾经那么痛苦地在他的门外徘徊，他们现在是不是在天堂相遇了呢？

非儿没有想到徐宾会找到这里来，他刚毅的脸上带着飞扬的桀骜，宛如初见时的样子。

她看不见他的怒气，但是心里已经有点儿发虚了："你怎么来了？"

徐宾质问她："为什么要一次次从我身边逃开？我已经改了，你还是不相信我能好好儿地留在你身边吗？"

非儿静静地看着他："徐宾，我不想让你为了我而放弃自己的事业。"

"你觉得我不画漫画会饿死吗？"

非儿低声道："我已经有男朋友了，真的，没有骗你，我离开上海前认识的。"

徐宾不理会："你只需要告诉我，到底怎样才能相信我，才能不再一声不响地离开我？"

非儿望着窗外延伸的小路，低低道："要我相信你，除非蒲公英的绒毛不再是白色的。"

她要用最绝望的话语，打破他的希望，将其粉碎得一干二净，哪

- 198 -

怕在说出口的时候自己也会痛。

徐宾果然露出了哀痛的神色:"好,我知道了。"

徐宾走后,吴菡问非儿:"你真的要和那个谁走吗?"

"裴俊。"

裴俊是非儿在大学里认识的学长。非儿申请了美国的一所大学,要和裴俊一起去留学。

小菡对裴俊有着很深的敌意。突然冒出来一个人,要把非儿带去国外,这让小菡很生气。她急道:"美国好远的!你真忍心把我们扔下啊?!"

"也就两年时间,一眨眼就过去了。"

"你还嫌短啊!"吴菡拉长着脸,恨不得把那个裴俊一口吞下去。

"我又不是不回来了。"

小菡闷闷地说:"在国内也可以进步啊,用不着跑那么远去学习吧!"

非儿拿出世界地图册,用手比画了一下:"很近的。"

小菡瞪着眼睛:"你以为自己是巨人啊,把地球当皮球?"

非儿道:"不管怎么说,签证都办下来了,我也没办法反悔了。"

"怎么不能反悔?"吴菡瞪了她一眼,"我真是搞不懂,你为什么要这样对徐宾?为什么不跟他在一起?不跟他在一起就算了,干吗又要假装有男朋友了,一把把他推开?"

非儿半晌无言,然后说道:"这件事很复杂,我不知道怎么跟你解释。我的心里很乱,也许离开一段时间是最好的选择。"

吴菡憋了一肚子话，最后就蹦出一句："不管你了。"

没过几天，裴俊就来接非儿了。吴菡把他从头到脚打量了一通：不高不矮，不胖不瘦，五官端正，还算得上是"俊"。但她就是看他不顺眼。

她把行李往他身上一扔："要是非儿回来少了一根头发，我一定饶不了你！"

裴俊吓坏了，怎么第一次见面她就像对待仇人似的？他站直了，连大气都没敢喘一口。

非儿知道吴菡的脾气，干脆随她去，问："诗雅还睡着吗？"

"她要是醒着，你们就别想走了。"吴菡把一本小册子递给非儿，"徐宾走的时候放在我那里的，你带着吧。"

非儿想了想，把它放进了包里。她给了小菡一个拥抱："我要走。诗雅就拜托给你了。你自己搞不定的事可以去找老鼠他们帮忙，经济上有困难就去找刘海顺，他答应过我——"

"你怎么这么啰唆！走吧走吧。"小菡摆摆手，装出满不在乎的样子，心里却一个劲儿地难受，眼看非儿要上车了，还是软下心来叫住她，"到了记得给我打电话。"

小菡看着车子飞驰而去，身后突然传来哭声，着实把她吓着了。诗雅穿着睡衣抱着毛绒玩具跑下来："小姨不要走，我要小姨。"

小菡给她擦干眼泪："诗雅乖，小姨有事出去了，很快就回来。还有小菡阿姨陪你，不怕。"

诗雅哇哇哭了几声，随后拉着小菡的手问："小菡阿姨不走，对吗？"

"当然不会走了，诗雅那么乖、那么听话，我怎么舍得走呢？阿姨教诗雅画画，好不好？"

诗雅抱着她的小熊问："画画好玩吗？"

"好玩，你可以把你喜欢的人放在纸上，这样即使他们不在的时候也可以见到啦。"

"好啊好啊，那我要把你和小姨放上去。"诗雅拉着小菡，"我们现在就去画画。"

第十七章

舞。舞。舞。

非儿在飞机上打开徐宾留给她的小册子，扉页上是徐宾漂亮的字："沈非儿同学，要是你能留在我身边的话，这就是我送给你的第一份礼物，如若不然，那就是最后一份礼物了。安徒生的童话，我想你应该会喜欢。"

原来是一本手绘的童话册子。

第一个故事——《红舞鞋》。

这是一双神奇的舞鞋，是所有女孩子都梦寐以求的舞鞋，但是多数人没有勇气穿上它，因为一旦穿上，就再也脱不下来了。画面上是一个穿着红色连衣裙的女孩，她最终选择把这双鞋子穿上。神奇的魔力让她跳出了最美丽的舞蹈，可是，当她想停下来休息的时候，却再也停不下来了。她一直在跳舞，从小溪到山川，从池塘到街边，从日出到日落……非儿知道这个童话的结局，徐宾的画却并没有把结局表现出来，画面最后依旧是一身红衣的女孩在跳舞，不知疲倦。

舞。舞。舞。

非儿继续往后翻，发现所有悲剧的结尾都被徐宾改动了：卖火柴的小女孩在天堂里与祖母快乐地生活在一起，美人鱼最终如愿以偿地嫁给了她深爱的王子，铜猪也得到了他想要的幸福……非儿在童年时曾因为原著的悲伤结局而哭泣，现在，看到这些完全不一样的结局，她竟然更加抑制不住自己的泪水。

飞机上的乘客纷纷向她看过去。

裴俊紧张地问道："非儿，你怎么了？"

此时，飞机起飞，一阵眩晕中，非儿的脑海里猛然响起熟悉的歌声——那首回荡在她童年回忆中的姐姐编的歌。她瞬间仿佛回到了那列寒冬的火车里，哐当、哐当……

> 要开始流浪了，我的姑娘。
>
> 童话中的王子还在沉睡，公主的睡梦中没有小矮人。
>
> 我们坐着海盗的木筏，风浪里有大海的歌声。
>
> 努力睡一觉吧，亲爱的女孩，
>
> 睡梦里有漂亮的蛋糕裙和笑脸的布娃娃，
>
> 梦醒后是蒲公英和萤火虫的晚会。
>
> 我们一起跳舞吧，围着篝火和月亮，
>
> 你想要水晶鞋还是红舞鞋？
>
> ……

非儿紧紧地抓住手中的小册子。裴俊看到紧闭双眼的非儿满脸泪水。

不知道为什么，在这一刻，非儿脑海中闪现的全是那个初次见面时说她没有长眼睛的人。她不知道是不是每个女孩的成长中都会有那样一个人，他在最单纯的年纪里骂过你傻、说过你笨，为你写过字、画过画，他也背过你、笑过你、系过你的鞋带、牵过你的手，甚至吻过你的唇……虽然没有说过他爱你。

你想要水晶鞋还是红舞鞋？

你想要华丽的宴会还是深埋心中的一支舞？

非儿在这个问题上挣扎了许久，在飞机上一句话也没说。好不容易到了目的地，非儿看着陌生的人群，擦干泪水，眼里露出微含着苦涩的笑意。

"徐宾，第三次不告而别，你还会不会等我？就用两年的时间来证明，可以吗？我会在两年后回去，会在那个时候陪你看蒲公英和萤火虫，会喂你吃你讨厌的绿豆汤……如果你能原谅我作为一个女孩子的最后一次任性，最后一次仓促策划的离家出走。"

两年后的冬天。

小菡觉得自己越来越喜欢这个给她带来无比宁静的小城市了。幸福街99号，她父亲曾经住过的地方，让非儿怀念了那么久的地方，好像真的蕴含着某种神秘的力量，给人以安定、幸福。虽然这两年非儿不在，但是小菡依然能过好每一天。她在这座城市里读书、打工，照顾诗雅，也和罗耀、允一他们成了好朋友。她见到了非儿说过的那一片蒲公英，比她之前看到的都要难以忘怀。像是整个世界都变成了雪白的颜色——柔和、淡定的白色，这就是自己一直以来向往的自由。原来自由不是流浪，是像现在这样安宁地生活，如蒲公英点缀的天空般温暖、美好。

一个越洋电话打过来的时候，吴菡正在睡梦中。

"谁啊，三更半夜不让人睡了。"

"啊！忘记时差了！"电话那头传来非儿的声音。

"非儿，是你呀！"

"嗯，那我挂了，你好好儿睡。"

等小菡反应过来的时候，电话里只剩下忙音。

她们每天保持一个电话，说不了几句就挂了。非儿只是想听听吴菡的声音，而吴菡来得特别实际："只要知道你活着就行。"

从梦中醒来后，小菡再也睡不着了。她打开灯，看窗外朦朦胧胧的雪景。这座城市不常下雪，近日雪花却纷纷扬扬地落个不停。

她开始写日记：

来到这里快两年了，再过不久，佑安就要回来了。一想到他，我的心里就很难过，命运真是爱捉弄人。我的承受能力算是很强了，那么他呢？知道真相后会是什么反应？

非儿过一段时间也应该回来了，我决定等她一回来就逼着她好好儿地整理一下房子。这两年把它折腾得够乱的。我和非儿都特懒，诗雅也得到了真传，于是，整幢房子都乱透了。哼，这下有非儿好受的，我才不帮她！算了，还是帮她一起整理吧，一个人不知道要忙到什么时候。

有一段时间没回上海看爸爸妈妈了，有点儿想他们。谢谢爸妈愿意放手让我一个人来这座城市生活，我知道这对他们来说不容易。也谢谢他们把我养大，我永远都是他们的乖女儿。

终于看到了那片蒲公英，美得让人忘记了一切。我相信非儿说的话，它是刻在心里的咒语，是割舍不断的梦。

我依然在等待，等待今后的起起落落。

——吴菡

事情并不如吴菡想得那么尽如人意。

吴菡接到电话说佑安提前出狱了，她急急忙忙地跑去接他。

佑安听到吴菡在马路对面叫他的名字，他向她挥了挥手，就朝着对面走去。又可以和她在一起了，两年的等待终于到头，什么样的忧虑都没有了。可是，她的表情为什么突然变得如此惊恐？佑安想告诉小菡，这两年来，他一直记挂着她……他听到尖锐刺耳的刹车声，好像世界坍塌的声音……

医院的手术室门口，吴菡焦急地看着那扇白色的门。

谁都没想到会发生这种事情，这本该是个让人高兴的日子，但是佑安就在这一天出事了。

小菡紧张地抓着医生的手："他会没事吗？"

医生安慰她："也许会没事的。"

小菡害怕，她看见佑安流了那么多血："什么叫'也许'？"

"再等等，手术快结束了。"

等候的过程是无比痛苦的：身上没有了力气，好像有千万只蚂蚁爬来爬去，抓也抓不住；脑海里浮现出各种幻想，似乎那扇门即将打开，床上的人被蒙上白布从里面推出来……这是极不应该想的，但幻觉还是一遍遍地从面前闪过；每一分钟都是遥遥无期的，像是一个世纪那么长，越来越接近崩溃，但永远都在边缘移动；汗水出了一层又一层，湿透的衣服裹着身体，像是裹着正在冷却的心。

门开了，小菡的心又往上提了起来——谢天谢地，他没有盖着白布。

她急忙冲上去："医生，他没事了吗？"

年轻的主治医生回答她："没有生命危险了。"

小菡如释重负地笑了。

"但是，他很难再醒过来了。"医生叹了一口气，病人年纪轻轻的，真是可惜。

小菡惊道："这是什么意思？"

"病人脑部严重撞伤，全身处于麻痹状态，也就是成了植物人。"

"不可以！"吴菡大叫着，"不可以这样！"

小菡抚摸着佑安苍白的脸，他的嘴角有淡淡的胡楂儿，衣服还是破旧的，都没来得及好好儿梳理一番，就这样睡着了。是不是因为真相太让人痛苦，所以，他宁愿选择沉睡？

为什么我不能动了？我还没有完成我最大的梦想，还没有机会去造一架飞机，然后带着非儿姐和小菡一起飞到没有忧愁的地方。但是，它离我太远了，没有机会了。

小时候，我一直想快点儿长大。因为有时看到叔叔愁眉不展的样子，就好想帮他分担一点儿，他分一点儿给我就会好一点儿，但是我不知道他在想什么；非儿姐也是一样，也会经常不开心，她只比我大一岁。我以为只要快点儿追就能追到，但是我错了，即使长大，我也不知道他们的想法与忧愁。这是人与人之间的距离，不是年龄差多少决定的。一个人的忧伤分给了另一个人，就是两个人的忧伤，自己的那一份无法减少。

后来我做了很多坏事，被关进了监狱。非儿姐好几次想来看我，我都没敢见她。在她心里，我一直都是最乖的孩子，但我让她失望了。

小菡说，我带她离开的那一年是她最开心的日子，虽然每天担惊受怕，虽然生活漂泊不定，她却告诉我她很开心。但是我知道，小菡会在我看不见的地方哭泣。那段时间，她似乎每天都在成长，成长就要改变很多东西，改变的过程总是痛苦的。很不幸，我带给了她那么多痛苦，这并不是我想要做的。我以为回来以后能对她好，让她开心，我错了，谁也不能给我这个机会了。希望她找到一个比我好的人，那个人可以陪她欢笑，陪她画漫画，陪她去看她喜欢的蒲公英。

多久没有见到叔叔了？长久以来是他一直在我身边照顾我。离开他的时候，我是多么不舍啊，现在想想，竟然那么长时间过去了，突然很放心不下他。

——忻佑安

诗雅拿着会唱歌跳舞的娃娃去找菡姨玩。自从那个"大头叔叔"来了之后，菡姨就很少陪她玩了，这让她有点儿不高兴。她从门后探出小脑袋，啊，菡姨还是那么不高兴的样子。

"菡姨，那个叔叔动了！"她跑过去拉小菡的手。

吴菡马上跑去佑安的房间。

"佑安！"

他静静地躺着。

小菡着急地问："诗雅，刚才他哪里动了？"

诗雅鼓着腮帮子摇头："我看你不开心，就想让你开心一下。其实，叔叔没有动。"

小菡沮丧起来："诗雅，谢谢你，但这样会让我更难过。"

诗雅不明白："刚才我明明看到你笑了。"

"如果你想吃巧克力，这时有个人跑过来告诉你他有巧克力，可是后来你发现他只是想让你高兴一下，根本就没有巧克力，你会高兴吗？"

诗雅摇头："对不起，以后我不骗你了。"

"乖，你先出去玩，我还有话要和这个叔叔说。"

诗雅乖乖地点头："哦。"

不多会儿，诗雅又兴冲冲地跑来给了小菡一张纸："菡姨，老师说我画画好看，把这个送给我了，你一定要带我去啊。"

小菡拿过她手中的纸，原来是画展的门票。她再一看，不由得怀疑自己看错了。刚从日本留学回来的漫画界潜力新人方哲举办第一次个人画展，特邀当红画手刘佳雨以及两年前退出画坛的Eiffel为嘉宾。

小菡把方哲的名字看了又看，确定自己真的没有看错。

她想起第一次在花园里见到方哲的情形，想起每天两个人在落满阳光的阳台上画画，心情久久不能平复。

小菡整夜都没有睡着。

早晨，小菡早早地来到佑安的房间。他还是安安静静地睡着，脸上是恬静的微笑。

小菡给他擦了擦脸："佑安，我今天要去见一个很久没有见过面的人，不知道他还是不是原来的他……"

佑安静静地听她倾诉，消瘦的脸还是那么帅气。

小菡带着诗雅早早地来到方哲举办画展的地点。现在只有稀少的几个人，走过他们身边时，小菡听到他们嘴里出现Eiffel和刘佳雨的名字。原来他们来参观只是因为这两个嘉宾，小菡有点儿为方哲难过。

人渐渐多了，成群结队地挤在一起，谈论的还是曾经红透半边天的Eiffel以及传言中帮助他一路走来的刘佳雨。不少记者也前来等候。自从沈非儿出现，两人的关系产生隔膜，封笔沉寂了两年的Eiffel此次突然与刘佳雨同时出现在公众面前，这绝对是一个大新闻。而方哲，几乎没有人会去关注。

林荫道上的轿车里，刘佳雨焦急地看着手表，不断提醒司机师傅开快点儿。方哲擦拭着手上未洗干净的颜料，一点儿也看不出焦虑。

"佳雨，迟到一会儿没关系的。"

"不行，你是第一次开画展，怎么能迟到？"佳雨再次看了看表，对司机说："师傅，麻烦你再开快点儿，我们不能迟到。"

司机尴尬地向她解释说："小姐，我也想快，但这个地方我是头一次来，路不熟悉。再说，现在天气冷，路面结了冰，开得太快，万一出事就不好交代了。"

佳雨往座位上一靠，把头转向徐宾："你怎么一句话都没有？"

徐宾把车窗打开，让风吹进来。

"我在想，我和你这样出现在媒体面前，他们把注意力都集中在我们身上了，阿哲的画展反倒会被忽略。"

刘佳雨眨了眨眼睛，说："这个你大可放心，我早有安排。"

方哲摩挲着手掌中一抹血红的颜料："佳雨，你又想什么鬼点子了？"

"这个嘛，到时候你就会知道了。"

方哲继续注视着那块鲜艳的颜色。他凌晨起来画画一直到早晨，手上的颜料都来不及洗干净就听到佳雨在楼下喊，换了件衣服匆匆下楼，还没吃早饭，现在觉得有点儿饿了。

"准备一下，要到了。"车子里安静了一会儿，又听到佳雨在叫唤。她拿出小镜子理了理头发，仔细找妆化得不到位的地方。"方哲，你把衣服整理好，还有头发，不能太乱。记住，千万不要紧张，自然一点儿，就当那些照相机都不存在。徐宾你也是，两年没出来了，形象也很重要。"

方哲偷偷地给了徐宾一个无可奈何的笑容，徐宾心领神会，坏笑着说："佳雨还是这么婆婆妈妈。"

佳雨来不及回击，车门已经打开了，迎面而来无数的闪光灯。

人群中传出此起彼伏的叫声，多是徐宾的画迷，见到偶像重新回到他们面前，都激动地拥上前去。几个保安齐齐地站在他们中间阻拦。

"Eiffel是准备重出画坛吗？你的画迷们一直都没有放弃你。"

"这次与刘小姐一同出现，是不是你们的感情出现转机了？"

几个话筒凑上来，徐宾没有直接回答记者们的问题："我们这次来是受到方哲的邀请，作为他的画展的嘉宾。以后他会在这方面有进一步的发展，希望朋友们多多支持。"

几个记者转而把话筒对着方哲，一直集中注意力在徐宾身上的女记者看到这么年轻帅气的方哲，双眼放光。

佳雨向一个记者使了眼色，那个记者随即把话筒拿上来问佳雨："听闻刘小姐和方先生正在恋爱中，不知道这样的传言是否属实？"

人群一下子安静了，更多的人把目光转向佳雨和方哲。

佳雨浅笑着说："是的，我并不打算隐瞒我和方哲的关系。这次来帮他做宣传，也是希望更多的朋友可以认识他、了解他，喜欢他的画。"

周围又响起了声音，照相机一齐对准佳雨和方哲。

人群里多是喝彩声，谁也不会注意到一个女孩子瞬间黯然的神情。

小菡牵着诗雅的手默默地离开了。

她站在展览窗前，玻璃后面是一张色彩明亮的画。俏皮的短发女生斜靠在树上，白色蒲公英漫天飞舞，女孩张开双臂，像是在风中与蒲公英一起飞翔。

小菡看得出了神。

诗雅摇着小菡的手："菡姨，你怎么了？"

"喂，你……"

听到身后男人的声音，小菡紧张地转过身，看到一张略带惊讶的脸。

"怎么了？"徐宾指着那张画，"你看它很久了吧？"

"我没事。"小菡盯着他笑，"非儿过几天就要回来了，你做好准备。"

前来参观画展的人渐渐多起来，外面响起阵阵起伏的喧嚣。徐宾环顾人群，似乎想在其中找到那个身影。

片刻之后，他骤然恍惚了，看着人群喃喃自语道："她要回来了。"

第十八章

转身成雾境

休息室里，徐宾面朝窗子，看着窗外来来往往的行人。

小菡给他讲了个好长好长的故事，有关两个女孩子的成长和蒲公英的梦。

"徐宾，这两年你都没有画画吗？"

徐宾笑笑："当然画啊，只是躲起来了，躲在一个你们都不知道的地方。"

小菡不明白："为什么要躲起来？喜欢你的人那么多。"

"我要当花农。画画什么时候都可以画，花却不一样，一过季就会凋谢。所以，趁着它们还没有凋谢的时候，就要好好儿守着。"

小菡若有所思地点了点头："你种花的地方离我们那边远吗？"

"不远，"徐宾低头笑了笑，"很近。"

"那你带我去看看吧。"

"当然可以，只是现在还有更重要的事。"徐宾忽然站起来，"走吧，我带你去找方哲。"

小菡摇摇头："我不过去。"

徐宾笑："是因为刚才那个记者问的问题吗？其实阿哲和佳雨没什么。"

小菡低着头："可是刘佳雨都承认了，这种事情怎么能在记者面前开玩笑呢？"

"那是为了让方哲受到更多的关注，这样他才有机会被更多人认识。"

小菡还在犹豫："真的是这样吗？"

"你觉得我在骗你吗？"

"他说得没错，我和阿哲只是普通朋友。"刘佳雨从楼梯口走过来，看着徐宾，"还以为你跑哪儿去了，阿哲正找你呢。"

徐宾对小菡说："你看，佳雨都说没什么了。现在可以跟我一起去见他了吧？"

"等等，"刘佳雨说，"徐宾，你先过去吧，他找你可能有别的事情。我和吴小姐还有话要说。"

徐宾对小菡点了点头，一路小跑着下楼梯。

"你就是吴菡吧，我听阿哲和非儿都提起过你。"

小菡知道她和非儿之间的过节儿，对她的印象很不好，冷冷地说道："我也听非儿提起过你。"

刘佳雨尴尬地笑笑："我看我们之间还有点儿误会。要是可以的话，我请你喝杯咖啡，好吗？就现在。"

小菡斜着眼看她："你就这么喜欢喝咖啡啊。"

像是嘲笑。

刘佳雨心虚地点了点头："那不如就在外面走走吧，外面的风景还是不错的。"

小菡想着，既然徐宾那么放心她们在一起，应该就不会出什么事情。她对在角落里看蚂蚁的诗雅说："诗雅，我们要和这个姐姐出去一下，你不要再玩蚂蚁了。"

"不要出去，我要玩蚂蚁，"诗雅噘起嘴，让小菡蹲下，指着一只小蚂蚁说，"刚才它被我捏了一下都没事。"

小菡无奈地看了看佳雨，对诗雅道："诗雅听话，小蚂蚁很可怜的，你不要欺负它们。"

诗雅一脸委屈："我没有欺负它们，我在陪它们玩。"

"那我们回来再陪它们玩，好不好？菡姨现在要出去，你一个人在这儿很危险，外面都是陌生人。"

"不是我一个人，你看，这么多蚂蚁陪我。"

刘佳雨走上前："小诗雅乖，蚂蚁咬人可是很疼的。我知道旁边有一家店，里面有各种各样的小动物，有花猫、小白兔、金鱼，还有可爱的小狗狗。诗雅要是听话，乖乖跟我们出去呢，我就给你买你喜欢的小动物，你说好不好？"

诗雅高兴地点头："我要小白兔！"

小菡对佳雨的态度好了点儿："原来你这么会哄小孩子。"

刘佳雨牵着诗雅的小手微笑着说："我小时候就是这么被哄着长大的，多少知道一点儿。再说了，这么多年来，我这个做姐姐的从来都没有好好儿地看过她。"她低下头对诗雅甜甜地笑了笑："乖，叫我一声姐姐，好不好？"

诗雅抬起头看她："为什么菡姨是阿姨，可你是姐姐？"

"因为姐姐会给你买很多好吃的，诗雅想不想吃糖？"

诗雅笑着向她伸出手："姐姐抱抱！"

小菡在一旁笑："有血缘关系果然不一样，这孩子平时很少让别人抱的。"

刘佳雨高兴地把诗雅抱起来，道："你不用对我有什么敌意。我知道，以前是我不好。事情过去这么久了，我早就想明白了。等非儿回来，我会向她道歉的。"

"那是你的事情，至于接不接受道歉，得问她了。"

"我希望可以和你们做朋友，是真正的朋友。"

小菡微怔。

"有时候，我还真挺羡慕你。"

"我有什么好羡慕的？你的画那么好，我才是望尘莫及呢。"

"怎么，你也画画吗？"

"以前学过一点儿，现在已经放弃了。"小菡摸了摸诗雅的头，"倒是这个小丫头，以后可要你们多多指导了。"

佳雨高兴地说："那是当然，诗雅是乖孩子，一定会好好儿学的。我和徐宾，还有阿哲，都会教她的。"她冲着诗雅笑："你可要好好儿努力哟。"

诗雅眨着大眼睛问："姐姐什么时候带我去买小动物啊？"

刘佳雨牵着她的手："走，我们现在就去。"她转而对小菡说："你先去方哲那边吧，他一定正急着找你呢。诗雅就交给我吧，我会照顾好她的，晚点儿来找你们。"

小菡犹豫了一下，还是独自朝办画展的地方走去了。

迎面遇见徐宾，他问："你跑哪里去了？到处找你呢。"

"和佳雨出去走了一会儿，怎么了？"

"还问我怎么了，有人知道你来了，正急着要见你。"

小菡咬了咬嘴唇，傻笑着："他早就不记得我了吧。"

"他要是不记得你，就不会把你的画放在最特殊的地方了。刚才你没有发觉吗，那张画是唯一用玻璃隔开的。"他推着小菡向休息室走去，"阿哲说要给你一个惊喜，进去看看吧。"

小菡轻轻地推开休息室的门，对面的墙上有一幅画，画面中有明亮的光线、晃动着的秋千架，女孩正怯生生地望着匆忙而过的男孩。

这样幼稚的一幅习作，却让小菡的眼睛湿了。这是他们的第一次见面，只有匆忙的一瞥。

是小菡用稚嫩的画笔记录下的瞬间。

"我会带着去的，也一定会完好无损地给你带回来。"

方哲是那么说的，他也做到了。

小菡听到身后有人叫她的名字。

"小菡。"

小菡的肩膀晃动了一下。

她不知道该怎么转过身。

"你打算就这样用背对着我吗？"

小菡看着面前画中的男孩子，却没有勇气转过身去看方哲。如今的他已经不再是她的漫画老师了。

方哲绕到她面前："宁愿看画也不愿看我吗？"

"不是的，"小菡看着这张有点儿陌生的脸，"我……"

方哲捏着她耳边的头发："这张画，我一直带在身边。我说过，会完好无损地带回来。"

小菡摸着保存良好的画："这么难看的画，你带着多影响形象啊。"

"哪有，这是我见过的最漂亮的画。"

"老师怎么能骗学生呢？"小菡倔强地看着他，"难看极了。"

"你可以说我这个老师缺乏审美能力。"

小菡沉默半晌，上前拥抱方哲："阿哲，我想你了。"

方哲回抱住她。

窗外，雪又开始下。

第一次参观徐宾的园林，小菡吓了一跳。很大的园林，种满了各种各样的花和树，花粉混在一起形成奇异的香味。

"这是我见过的最乱的花园。"

刘佳雨在一边坏笑："谁叫人家是搞艺术的呢，对吧，铁塔？"

徐宾不理她，对小菡说："带你去看个东西。"

小菡跟着他走过曲折的长廊，来到一间小木屋里。

"这里是我画画的地方，给你看张画。"

画面是相似的，小山坡上盛开着红色的蒲公英，女孩坐在地上，神情有些许落寞，一头长发在风中飞舞，和蒲公英鲜红的颜色融为一体。

"你画的是非儿吗？"小菡问。

太像了，和方哲为小菡画的那张画太像了。

"是啊，你一定觉得眼熟吧？的确相似，我和阿哲就是因为这两张画认识的。很久以前，那时候我还在学校，参加了一个竞赛，评委老师联系了我们——他以为我们俩是事先商量过一起画的。就是两个女孩子的眼神相差很大，方哲画笔下的你很快乐。"

"非儿对蒲公英是惺惺相惜，她觉得它们一直都停不下来，一直在流浪。但是徐宾，红色太过炽烈了。"她抚摩着画中女孩子的脸，"其实非儿的感情没有那么沉重压抑。"

徐宾不再看画："我想问你的是，她到底什么时候回来？"

"具体她没告诉我，说想给我一个惊喜。"小菡看着画上的非儿，"徐宾，你不要放弃她，好吗？你说过的，花朵过了季就凋谢了。所以，趁着花还在的时候，就要守着她开放。既然已经守候了那么久，就不差这几天了。"

为了让徐宾到时候能更高兴一点儿，小菡决定不把非儿的假恋情告诉他。

诗雅拿着画笔跑过来，一路咯咯笑着。

佳雨从后面追上来："外星人来咯，快逃啊！"

"喂喂喂，"徐宾说，"你们这还是在画画吗？"

诗雅钻到他怀里："叔叔，诗雅很乖的。"

徐宾抱起诗雅："当然啦，我们诗雅最听话了。是姐姐不好，我们打她好不好？"

"好啊！"

"追咯，佳雨还不快逃……"

方哲在一边无奈地摇摇头，道："乱了，辈分全乱了。"

佑安还是安静地沉睡着。

小菡拉着方哲一起来看他。

"不知道他能不能听到我们的声音。"小菡坐在床沿，端详着他。

方哲站在一边："会的，他会听到的。"

"阿哲，如果他醒过来了，我就更不知道该怎么办了。"

"对于他来说，确实太不公平了。或许正是因为这样，他才不愿意面对。等哪天他想明白了，或许就会醒来了。"

小菡转过头对他笑笑："最近有你们在，热闹了好多呢。"

"也不能总住这里啊，过几天还是要回上海去的。"

小菡急了："这样在一起不是很好吗？那么大的房子，你们走了就空荡荡的了。"

"就是说嘛，"佳雨走进来，"我也喜欢这里。幸福街99号，久久的幸福。徐宾决定不回上海了，他刚在附近买了个暖棚，看样子是准备一辈子在这儿种花了。"

方哲问小菡："真的可以吗？"

"最糟糕的花农都这么决定了，你们就都不要走了。"

徐宾在外面听到了，大叫着否认："我才不糟糕呢！"苦于诗雅玩得正开心，他没有分身术，只能吆喝着肚子饿了，要小菡和佳雨快点儿下厨去。

晚上，小菡照例和非儿通电话。

"非儿，我们这边最近来了个花农，造了个好漂亮的玻璃暖房。"

"那好啊，可以多带着诗雅去看看。"

"那个花农长得不错呢。"

"你呀，开始做梦了！"

"非儿，我真的很想你。"

"别想了，我很快就回去，说不定哪天你一觉醒来就看见我了。"

"那就好，你快回来，我们一起去看花农。"

如果要用一张纸写下我要感激的人，那么我希望这张纸足够大，可以写下我认识的所有人。

沈露：我最爱的姐姐，把我从北方带到南方，最苦的日子，我们都依偎着走过了。我还很小的时候，她的脾气不好，会打我，但是有两碗饭，她会把多的那碗给我。她是唯一说要照顾我、对我不离不弃的人。我知道，她即使走了，也会在另一个世界看着我、祝福我。

忻宇忱：我少年时代意义非凡的存在，在我受伤的时候给我温暖和帮助，鼓励我要坚强地走下去。祝愿他能和他所爱的女子在天堂重逢，然后幸福地在一起。我、佑安、小蓟和诗雅会在幸福街99号长久幸福地生活，你们也要一样。

徐宾：这个人，怎么说呢？想到他，太多感情交织在一起，不知道怎么形容。很感激他为我做的一切，从那座山坡到老鼠酒吧，从"Eiffel"到《遥望蒲公英》，感动远不只一点儿。娃娃，我想我已经走出了自己筑成的巢穴，但是，我还能再见到你吗？

吴蓟：一个同我一样爱着蒲公英的人，一个与我有着特殊缘分的人。我们的成长过程不一样，对于蒲公英，她让我知道它有另外一种含义：自由。除了流浪，还有自由。像一场梦，这场梦有关两个女孩子的成长，有关蒲公英，有关自由与束缚、漂泊与安定。最向往的美好，我们都能在对方身上看到、得到。

忻佑安：有着清澈的眼睛，对每个人都那么好，睡着的时候还是那么气宇轩昂。我的乖弟弟，小蔺说你只是睡着了，希望你能快点儿醒过来。

沈诗雅：不管是不是姐姐生命的延续，她都是我要疼一辈子的人。以前我总是找理由把她交给别人；今后，我要自己照顾她。

刘佳雨：虽然她曾经做了对不起我的事情，但要不是她，我就不可能见到小蔺。也是她，帮了徐宾那么多，让我在几年后还能有意想不到的惊喜。再一次见到你的时候，希望我们都已经放下了过去的不愉快。

念念：记忆中第一个对我好的人，在那么冷的天气里，她的爱和着寒风一起钻进我的身体，刻骨铭心。

命运安排下流离失所的轨迹，要我们带着满身的伤痕匍匐而进。前路是一望无尽的荒凉。幸而我们还有梦，就像蒲公英，载着海阔天空的梦想，飞向遥远的国度。

——沈非儿

坐上回国的飞机，非儿再一次打开了两年前徐宾送给她的那本小画册。

空姐把一个杯子递给她："小姐，你要的茶。"抬手间不小心打翻了杯子，茶水浸湿了画册。

"对不起！"空姐边收拾边道歉，"实在抱歉，我太不小心了。"

"没关系。"非儿对她笑了笑，心中却很着急。

她将画册的封面拆开，目光顿时移动不得。熟悉的字迹映入眼帘，这几行字是两年前写下的，她现在才看见。

很多年后，回头看那些走过的路，前尘旧事，或许只有在梦里才能依稀辨别。斑驳的年华，像是褪尽色泽之后的一堵绿墙，一片荒芜，杂草丛生。只有在那些狭小的缝隙中，才能隐约窥见洗尽铅华之后的自己。

而我在意的是你能否再以你孩子的容颜、孩子的声音、孩子般剔透的心来接纳我。我也将用我最初的眼神来观望你，用我最初的双手来握紧你，用我最初的唇来亲吻你。

——徐宾

非儿愣愣地看着这几行字，失神许久，过往的种种宛如雾境般模糊不清。

云层之中，所有的呼啸或者悲鸣都转为一片片轻微的风声，在呼吸间流离又急转，最终消失不可闻。

大雪落尽的时候，非儿提着大包小包的东西回到了幸福街99号。

"小姨！"诗雅从楼上飞奔下来扑到她的怀里，力气之大，让非儿差点儿摔了一跤。

她就知道，这丫头和吴菡在一起一定会被传染。

吴菡系着围裙从厨房里出来，手里张牙舞爪地拎了把菜刀。

非儿大叫："你就这么提着菜刀欢迎我啊！"

"现在才回来！"吴菡把菜刀放到桌上，然后开始在非儿的包里找东西。

"你竟然不是先拥抱我，而是翻我的行李？"

吴菡没有理她，继续仔细地在非儿的大包小包里找寻，然后黑着一张脸问非儿："我的礼物呢？"

"你可没说要礼物啊。"

"什么？！"吴菡立马举起菜刀。

非儿抓起诗雅的手："快逃命啊，你菡姨疯了。"

两个人笑着跑了出去，听到吴菡在后面喊："回来，我做饭给你们吃！"

她们没有理会，跑到了大街上。非儿抱起诗雅："哇，重了好多！"

诗雅笑着说："我们去看蒲公英。"

"可现在是冬天。"

"去看看，有的，好多好多。"

非儿疑惑地点了点头，任由诗雅牵着自己的手走。不知不觉，她们来到了废弃的铁轨附近。那座熟悉的山坡上只有枯草，并没有任何花朵。

"诗雅，没有蒲公英呢。"

诗雅说："你看后面。"

非儿顺着她指的方向看去，那里有一个透明、巨大的玻璃暖房。

非儿过去敲了敲门，没人应，她直接推开门走了进去。

满眼都是白色的蒲公英，没有其他品种的花。

"好奇怪的花农，造这么大的暖房，只为了养蒲公英。"非儿弯下腰，摸着一朵柔软的小花。

"叔叔说，等到五颜六色的蒲公英开了，她一定会回来的。"

"什么叔叔，什么她？"非儿问诗雅。

这时，休息室里传来一个声音："是诗雅吗？我已经种出橙色的蒲公英了！"

门随即被打开了。

非儿被那盆蒲公英的颜色所吸引，它的绒毛不是白色，而是橙色的。她惊讶极了，这是她见过的最美的蒲公英。

视线向上移去……

诗雅接过花给非儿，却看到她的泪水像两条小溪似的往下流。

年轻的花农微笑着走到非儿跟前，伸手拭去她的泪水。他轻轻地问："你的风沙眼又犯了吗？"

周围没有风，一丝也没有。

图书在版编目（CIP）数据

亲爱的蒲公英小姐 / 叶天爱著. —北京：北京联合出版公司，2019.6
ISBN 978-7-5596-3071-1

Ⅰ.①亲⋯　Ⅱ.①叶⋯　Ⅲ.①长篇小说－中国－当代　Ⅳ.①I247.5

中国版本图书馆CIP数据核字（2019）第057013号

亲爱的蒲公英小姐

作　　者：叶天爱
产品经理：于海娣
责任编辑：李　红　徐　樟
特约编辑：王周林

- -

北京联合出版公司出版
（北京市西城区德外大街83号楼9层　100088）
北京联合天畅文化传播公司发行
天津光之彩印刷有限公司印刷　新华书店经销
字数 151千字　880mm×1230mm　1/32　印张 7.25
2019年6月第1版　2019年6月第1次印刷
ISBN 978-7-5596-3071-1
定价：42.00元

- -